U0691767

民国

武侠小说
典藏文库

平江不肖生卷

民国
武侠小说
典藏文库

平江不肖生卷

现代奇人传
江湖怪异传

平江不肖生 著

中国文史出版社

平江不肖生论（代序）①

张赣生

在民国通俗小说史上，若论起划时代的人物，便不能不提及平江不肖生，他不仅是推动中国通俗社会小说由晚清过渡到民国的一位重要作家，更是拉开中国武侠小说大繁荣序幕的开路先锋。

平江不肖生（1890—1957），原名向恺然，湖南平江人。他出生于一个富裕家庭，其祖父以经营伞店发家，其父向碧泉是个秀才，在乡里间颇有文名。向恺然五岁随父攻读，十一岁习八股，恰逢清政府废八股，改以策论取士，遂改习策论，十四岁时清政府又废科举，改办学校，于是向氏考入长沙的高等实业学堂。其时正值同盟会在日本东京成立并创办《民报》鼓吹革命，日本文部省在清政府的要求下，于1905年11月颁布"取缔清韩留日学生规则"，镇压中国留日学生的革命活动，引起留日学生界的强烈反对，同盟会发起人之一陈天华于12月8日在日本愤而投海自杀，以死激励士气。转年，陈天华灵柩运回湖南，长沙各界公葬陈天华，掀起了政治风潮，刚刚入学一年的向恺然就因积极参与这次风潮而被开除学籍，随后他自费赴日留学。

---

① 本文节选自张赣生著《民国通俗小说论稿》。

民国二年（1913），袁世凯派人刺杀了宋教仁，群情激愤。向恺然回国参加了"倒袁运动"，任湖南讨袁第一军军法官，讨袁失败后，他再赴日本，结交武术名家，精研武术，这使他成为民国武侠小说作家中真正精通武术的人；同时，他因愤慨一般亡命于日本的中国人之道德堕落，执笔写作《留东外史》。民国四年（1915），向恺然重又归国，参加了中华革命党江西支部，继续从事反袁活动。袁世凯去世后，他移居上海以撰写小说谋生，直至1927年返回湖南，他的主要通俗小说作品均在这十年间先后问世。1930年至1932年，向恺然曾再度在上海从事撰著，但这一时期所作均为讲述拳术的短篇文章。1932年"一·二八"日寇进犯上海，向恺然应何键之请返回湖南创办国术训练所。1937年，抗日战争全面展开，他随二十一集团军转战安徽大别山区，任总办公厅主任，兼安徽学院文学系教授。1947年返湖南，1957年反右斗争后患脑溢血去世。

关于"平江不肖生"这一笔名的来历，向恺然在1951年写的简短"自传"中说："民国三年因愤慨一般亡命客的革命道德堕落，一般公费留学生不努力、不自爱，就开始著《留东外史》，专对以上两种人发动攻击。……因为被我唾骂的人太多，用笔名'平江不肖生'，不敢写出我的真名实姓。"此后他发表武侠小说时也一直沿用这一笔名。

至于"平江不肖生"的含义，向氏哲嗣在回忆文章中说："当时有人问为何用这'不肖生'？父亲说：'天下皆谓道大，夫惟其大，故似不肖。'此语出自老子《道德经》。原来其'不肖'为此，并非自谦之词。"其实这是向氏本人后来提出的一种解释，不一定真是采用这笔名的初意。《老子·六十七章》曰："天下皆谓我道大似不肖。夫惟大，故似不肖；若肖，久矣其细也夫。"这里的"不肖"是"不像""不类"的意思。道是抽象的，道涵盖万物之理，而不像某一具体物，从不像、不类、不具体，引申为"玄虚""荒诞"。这用以反驳某些人后来对《江湖奇侠传》的批评，颇能说明作者的立场；但在创作《留东外史》时采用这一笔名的初意却非如此，《留东外史》第一回《述源流不肖生饶舌，勾荡妇无赖子销魂》中说："不肖生自明治四十年，即来此地，……既非亡命，又不经商，用着祖先遗物，说不读书，也曾进学堂，也曾毕过业；说是实心求学，一月倒有二十五日在花天酒地中。近年来，祖遗将罄，游兴亦阑。"这段话把"不肖"二字的含义说得很清楚，应无疑义。

向恺然从写社会小说改为写武侠小说，是应出版商之请。包天笑在《钏影楼回忆录》中说："《留东外史》……出版后，销数大佳，于是海上同文，知有平江不肖生其人。……我要他在《星期》上写文字，他就答应写了一个《留东外史补》，还有一个《猎人偶记》。这个《猎人偶记》很特别，因力他居住湘西，深山多虎，常与猎者相接近，这不是洋场才子的小说家所能道其万一的。后来为世界书局的老板沈子方所知道了，他问我道：'你从何处掘出了这个宝藏者？'于是他极力去挖取向恺然给世界书局写小说，稿资特别丰厚。但是他不要像《留东外史》那种材料，而要他写剑仙侠士之类的一流传奇小说，这不能不说是一种生意眼。那个时候，上海的所谓言情小说、恋爱小说，人家已经看得腻了，势必要换换口味，……以向君的多才多艺，于是《江湖奇侠传》一集、二集……层出不穷，开上海武侠小说的先河。"这段话有助于我们了解向恺然的武侠小说。

向恺然是由晚清的通俗小说模式向新风格过渡的作家之一。因此，在他的小说中就必然存在着新与旧的两方面因素。从他最初的成名作《留东外史》来看，晚清小说模式的痕迹十分明显。

鲁迅在《中国小说史略》中谈到《官场现形记》《二十年目睹之怪现状》等晚清"谴责小说"时，曾指出："揭发伏藏，显其弊恶，而于时政，严加纠弹，或更扩充，并及风俗。虽命意在于匡世，似与讽刺小说同伦，而辞气浮露，笔无藏锋，甚且过甚其辞，以合时人嗜好"，是此类小说的共同特征。《留东外史》不仅在内容取材和创作思想上明显地带有晚清"嫖界小说"和谴责小说的痕迹，而且在故事的组织形式上也体现着晚清小说结构松散的时风，缺乏严谨的通盘考虑。我这样说，并非要否定《留东外史》的艺术成就，而是要表明客观存在的事实，《留东外史》是具有过渡性质的民初作品，它不可能完全摆脱晚清小说模式的影响。这是很自然的，《官场现形记》发表于1902—1907年，《二十年目睹之怪现状》发表于1902—1910年，《海上花列传》发表于1892—1894年，《海上繁华梦》发表于1903—1906年，《九尾龟》刊行于1906—1910年；当向恺然在民国三年（1914）撰著《留东外史》时，正值上述诸书风行之际，相距最近者不过三四年，《留东外史》与之实属于同时代产物，假若两者之间毫无共同之处，那反倒是怪事。

从另一个方面来看，《留东外史》之所以能称为过渡性质的作品，还在于它确实提供了新的东西，甚至在某种程度上有令人耳目一新之感。首先是他如实地描绘了异国风情，中国通俗小说中的外国，向来是《山海经》式的，《西游记》《三宝太监西洋记》《镜花缘》等不必说了；林琴南的小说原是翻译，但他笔下的外国也被写得面目全非；再看看晚清的其他作品，如《孽海花》中对欧洲的描写，大都未免流于妄诞。不肖生在《留东外史》中却能把日本的风土民俗写得生动、鲜明，这正是此书出版后大受读者欢迎的重要原因。但是，这还仅是浅层的新奇；更深一层来看，不论作者是否自觉地意识到要运用西方的创作方法，实际上他已经表现出这种倾向，如上所说之照实描绘异国风情，就是西方文学的"写实主义"方法，特别是在《留东外史》的某些段落中还显示了进行"心理分析"的倾向，这些都是从旧模式向新风格过渡的重要迹象。

总之，就《留东外史》总体而论，旧模式的深刻痕迹还是主要的，但不能因此而忽略它所显示的新倾向之重要意义。两方面的因素杂糅在一起，是过渡时期的必然现象。处于洪宪复古浪潮中的向恺然，能做到这一步已经难能可贵，不应对他提出不切实际的过高要求。看一看《玉梨魂》《孽冤镜》等在复古浪潮中极享盛名的扭捏之作，或许更有助于认识《留东外史》的可贵之处。

《留东外史》使向恺然崭露头角，但他之得享盛名却是因为写了武侠小说《江湖奇侠传》。

《江湖奇侠传》当年所引起的轰动，今天的读者或许难以想象得到。这部作品首刊于《红》杂志第二十二期，《红》杂志为世界书局所办周刊，1922 年 8 月创刊，至年底发行二十一期，转年始连载《江湖奇侠传》。1924 年 7 月，《红》杂志出满一百期，改名为《红玫瑰》，仍为周刊，继续连载，至 1927 年向氏返湘，遂由《红玫瑰》编者赵苕狂续写，现今通行的《江湖奇侠传》一百六十回本，自一百零七回起为赵氏所续。

《江湖奇侠传》掀起的热潮一直持续了十年。据郑逸梅《武侠小说的通病》一文说："那个付诸劫灰的东方图书馆中，备有不肖生的《江湖奇侠传》，阅的人多，不久便书页破烂，字迹模糊，不能再阅了，由馆中再备一部，但是不久又破烂模糊了。所以直到'一·二八'之役，这部书已购到十有四次，武侠小说的吸引力，多么可惊咧。"在《江湖奇侠传》小说一版再版的同时，由它改编成的连台本戏也久演不衰，更加轰动的是明星影片公司改编拍摄的《火烧红莲寺》，由当时最著名的影星胡蝶主演。沈雁冰在《封建的小市民文艺》（作于 1933 年）一文中说："1930 年，中国的'武侠小说'盛极一时。自《江湖奇侠传》以下，模仿因袭的武侠小说，少说也有百来种吧。同时国产影片方面，也是'武侠片'的全盛时代；《火烧红莲寺》出足了风头……《火烧红莲寺》对于小市民层的魔力之大，只要你一到那开映这影片的影戏院内就可以看到。叫好、拍掌，在那些影戏院里是不禁的，从头到尾，你是在狂热的包围中，而每逢影片中剑侠放飞剑互相斗争的时候，看客们的狂呼就同作战一般，他们对红姑的飞降而喝采，并不尽因为那红姑是女明星胡蝶所扮演，而是因为那红姑是一个女剑侠，是《火烧红莲寺》的中心人物；他们对于影片的批评从来不会是某某明星扮演某某角色的表情哪样好哪样坏，他们是批评昆仑派如何、崆峒派如何的！在他们，影戏不复是'戏'，而是真实！如果说国产影片而有对于广大的群众感情起作用的，那就得首推《火烧红莲寺》了。从银幕上的《火烧红莲寺》又成为'连环图画小说'的《火烧红莲寺》，实在是简陋得多了，可是那疯魔人心的效力依然不灭。"这是一位极力反对《江湖奇侠传》者写下的实录，我认为他所描绘的这幅轰动景象是可信的。

如此轰动一时的《江湖奇侠传》，它的魅力在哪里？要说简单也简单，不过是把奇闻异事讲得生动有趣而已。

向氏初撰《江湖奇侠传》时，并无完整构思，只是随手撷拾湖南民间传说，加以铺张夸饰，以动观听，用类似《儒林外史》的那种集短为长的结构，信笔写来，可行可止。作者在此书第八回中说："说出来，在现在一般人的眼中看了，说不定要骂在下所说的，全是面壁虚造，鬼话连篇。以为于今的湖南，并不曾搬到外国去，何尝听人说过这些奇奇怪怪的事迹，又何尝见过这些奇奇怪怪的人物，不都是些凭空捏造的鬼话吗？其实不然。于今的湖南，实在不是四五十年前的湖南。只要是年在六十以上的湖南人，听了在下这些话，大概都得含笑点头，不骂在下捣鬼。至于平、浏人争赵家坪的事，直到民国纪元前三四年，才革除了这种争水陆码头的恶习惯。洞庭湖的大侠大盗，素以南荆桥、北荆桥、鱼矶、罗山几处为渊薮。逊清光绪年间，还猖獗得了不得。"就说出了此书前一部分的性质。

总之，《江湖奇侠传》有其不容忽视的长处，确实把奇闻逸事讲得生动有趣；但也有其不容忽视的短处，近乎于"大杂烩"，它之得享盛名，除了它自身确有长处之外，还与当时的环境条件有关，在晚清至民初的十多年间，中国通俗小说几经变化，公案小说和谴责小说的浪潮逐渐消退，"淫啼浪哭"的哀情小说维持不久已令人厌烦，此时向氏将新奇有趣的风土民俗引入武侠说部，道洋场才子之万不能道，自然使人耳目一新，其引起轰动也就是情理中应有之事了。

向恺然还写过一部比较现实的武术技击小说，即以大刀王五和霍元甲为素材的《侠义英雄传》，这部作品的发表与《江湖奇侠传》同时，于1923年至1924年间在世界书局出版的《侦探世界》杂志连载，全书八十回，后出单行本。或许是由于向氏想使此书的风格与《江湖奇侠传》有鲜明的区别，也或许是向氏集中精力撰写《江湖奇侠传》而难以兼顾，这部《侠义英雄传》写得不够神采飞扬，远不如《江湖奇侠传》驰名。此外，向氏还著有《玉玦金环录》《江湖大侠传》《江湖小侠传》《江湖异人传》等十余部武侠小说，成为二十年代最引人注目的武侠小说名家。

通观向氏的武侠小说创作，无论是《江湖奇侠传》或《侠义英雄传》，都还未能形成完善形态的神怪武侠小说或技击武侠小说风格。当然，对于这一点，我们不能苛求，向氏是一位过渡阶段的作家，他在民国通俗小说史上属于开基立业的先行者，他的功绩主要是开一代风气，施影响于后人。正是他的《江湖奇侠传》引起的巨大轰动，吸引了更多读者对武侠小说的关注，也推动报刊经营者和出版商竞相搜求武侠小说。后起的还珠楼主、白羽、郑证因、王度庐、朱贞木等都是在这种风气下，受报刊之约才从事武侠小说创作的，就这个意义上说，若没有向恺然开风气之先，或许也就不会有北派四大家的武侠名作。另一方面，向氏也的确给予后起的还珠、白羽、郑证因很大影响，只要看看还珠、白羽、郑证因早期的作品，就能发现其受向氏影响的痕迹。所以，向氏在民国通俗小说史上是一位重要的人物，他的功绩不容贬低，不能只从作品本身来衡量他应占的地位。

目　　录

现代奇人传

1

江湖怪异传

现代奇人传

序

能十八般武艺，运千斤石如飞，当场献艺，一座俱惊，此非现代之奇人乎？曰："否！此江湖卖艺之流，不足称也。"然则攀绳走索，疾若猿猴；吞火纳剑，诡同妖魅，此又非现代奇人乎？曰："否！此眩人术士之流，更不足称也！"然则畅谈术数，追踪鬼谷，详论休咎，接轸君平，斯于奇人之称，或可当之无愧乎？则更曰："否，否！星相之流，徒仗巧言诡辩以欺世，非真具先知之术，能识过去未来也。"

彼所谓奇人者，盖以武侠之行，具仙佛之志，上通天文，下识地理，旁谙三略六韬以及阴阳消息之事，刀兵所不能伤，水火所不能害，而具千里眼、顺风耳，诸光大神通于其一身者也。顾此言一宣，群乃哗然而笑曰："嘻，有是哉，此謷言耳！"当此科学昌明之世，一切均当以科学为准则，此等怪诞不经之说，岂容轻易宣之于口乎？

虽然，余非好为怪诞不经之说也，固亦准乎实际而立言，与科学家所取之态度初无二，致实际者何？即此不肖生所著之《现代奇人传》是，诚能取而一细读之，当知余言之非妄发。而科学家得此一资参考，或更能建立一确切而不可动摇之理论乎？

是为序。

民国十七年九月茗狂序于海上

3

第一回

热心革命豪士倾家财
盛德移人众星拱北斗

话说熊静藩是湖北一个富家子，论文学虽是少小时曾延师在家中，教读了好几年，只是仅读到文字清顺而已，并没有了不得的才名；论武艺更是一个完全的外行，一手拳脚功夫也不曾学过，也无意结交江湖上的好汉。然江湖上的头等好汉，偏是接二连三地到湖北去结交他。要说他是富家子，家中产业多，手头肯挥金如土，学小说书中的赛孟尝吧，而他出名使江湖上好汉到湖北去结交他，却在他倾家荡产、一贫如洗之后，他为什么事倾家荡产呢？

说起他那回的事来，他的亲戚故旧不以他为然，是不用说了；就是一班认识他的人，也都背地里骂他比猪还蠢。他家的动产与不动产，总共算起来虽不多，也有四十多万，熊静藩本人不嫖不赌，更没有其他耗费银钱的嗜好，只因清朝末年，他有一班图谋革命的朋友，但是他也没有拿出多少银钱来，帮助革命的事业。

民国元年，他的朋友在武汉起义，组织了军政府，大家都要拉他出来做官。他虽是个读书人，手中又有的是钱，若换个别人一定是要趁此过一过官瘾的了，他却不然，一口回绝了，什么官也不肯做。

癸丑年袁世凯派人把宋教仁刺死了，这时的革命党变成国民党了。国民党人在江西独立，湖南已响应了，熊静藩的那一班革命朋友，又极力怂恿他，要他出来做反对袁世凯的事业。他此时也觉得袁世凯的行为卑劣可恶，就毅然出来从事反袁的运动。怎奈当时大借款成功了，袁世凯有的是钱，四省独立的局面只是昙花一现，就被袁世凯用金钱买得烟消火灭了。那些出头露脸的革命伟人，多少不等地各自卷了些盘缠，一溜烟儿到东、西洋亡命去了。对于平日跟着他们出生入死的部曲，自然一股脑儿撇下不管了。至于独立时与袁家军鏖战阵亡的官佐兵卒，更是白送了性命。

一班伟人谁也没将这些不相干的事，放在心上，唯有熊静藩就因他自己部下的官佐兵卒，共被打死了三四百，受重伤以致残废的，也有几十人。他原可以也和那些伟人一样，一同逃走到东、西洋去的，只为放不下这许多阵亡官兵的遗族和几个受伤的，只好悄悄地在汉口租界上住着。料知袁世凯一时是不会倒的，想等到国民党在国中活动的时候，再设法来抚恤伤亡，更是河清难俟的。他部下的官兵，又都是由他自己在家乡地方招募的，他想若就是这么看着他们死的死、伤的伤，不设法抚恤安慰，他们都是由我招募出来的，又在我部下，受我的指挥和袁家军拼死血战，我问心如何过得去？于是就决心自己变卖产业，拿钱来抚恤。

他是在本地方招募的人，各人家里的情况，他也都知道得详尽。这一场抚恤办了，四五百官佐兵卒的家中，皆受了实惠，他本人便从此成为一个没有产业的人了。好在他平日富裕的时候，自奉并不丰厚，所以虽一时将产业荡尽，也不觉得拮据难堪。然而江湖上的好汉，就因听得他有这番举动，都很钦佩他，专诚到汉口拜访他，殷勤和他结交。

便在他所结交的好汉当中，有些奇人奇事，不可不记载出来，以见中国地大物博，真是无奇不有。寻常小说书上所写的剑仙侠客，

6

一般人都视为纸上空谈，向壁虚造的人物，近十年来熊静藩都一一亲眼见识了。只有各小说上不曾写尽的，没有小说上写了为现在所无的，在下曾由友人唐君介绍，在汉口与熊君会过几次。

以下所记的奇人奇事，有得自熊君口述的，有得自唐君口述的，在下皆能相信绝无虚妄，诸位静静地听在下一段段地述来就是了。

第二回

寂寂门庭何来不速客
嶷嶷德宇暗有保镖人

话说与熊君结交的，正是分剑仙、侠客两派。侠客的首领，姓金，名秀山，山东人，年龄总在六十以上了，生得魁梧奇伟，神采惊人。初次来会熊静藩的时候，事前并没人来通知，熊静藩心中也不知道，中国真有专以行侠作义为职务的人物。至于行侠作义而有组织、有团体、有首领，尤其是他做梦也想不到有这么一回事。

他初见"金秀山"三个字的名片，觉得这姓名很熟，但是自问没有姓金名秀山的朋友，既是投刺来谒，且会面再说。及会面倒把熊静藩吃了一吓，原来金秀山仪表非常，银丝也似的一部胡须，飘拂胸际，两道扫帚一般的眉毛，也是根根如雪；两眼神光充足，使人一见就知道不是一个寻常人物。加以宽袍大袖，衣履鲜明，不是达官贵人，没有这般气概。熊静藩自倾家抚恤伤亡之后，富贵中人因他已由富家公子变成了一个平常小百姓，多不与他往来了；门前达官贵人的车辙，久已绝迹。于今忽然来了这般一个仪表堂堂的人物，教他心里安得不大吃一吓呢？

金秀山发声如雷鸣地先开口说道："久仰大名，钦佩得了不得！这回因有事到了武昌，特地转到汉口来瞻仰瞻仰，望恕我鲁莽。"

熊静藩听他说话是山东口音，然并不知道山东金秀山是何如人，只得胡乱谦让了两句，接着请教他的来历。

金秀山见熊静藩完全不知道他，还得请教他的来历，似乎有些诧异的神气，一点儿不藏头露尾，很慷爽地说道："此刻在山东的张怀芝，正悬重赏要捉拿我，老哥不知道吗？"说时抬头连打了几个哈哈道："他张怀芝如何配捉拿我？我上午在山东，下午就到了吉林。我站在他跟前，他都不知道，他如何配捉拿我呢？他的左右有八成是我手下的人，他只要动一动念，我顷刻便得着消息了。也不仅张怀芝左右，有八成是我手下的人，各省会、各大码头，以及现在一般人所认作大人物的部下，何处没有我的人坐守在那里，专探消息？我生平佩服的人，只有两个：一个是孙中山，一个是康南海。他两人无论有什么主张，我总是赞成的。并不是我一味盲从，因为我实在信服他两人，是天地间正气所结聚。他两人所有的主张，不问是与不是于国家有不有利益，总不和旁人一样，是为自私自利而主张的，是正大的，是光明的。我二十年来，就认定了他两个人，是我辈以行侠作义为职务的人，所应该拥护，不使他受生命危险的；所以不断地打发我最精干的徒弟，在他两人跟前，随时随地地暗中保护，他两人至今还不知道呢！"

接着又哈哈哈地笑了一声，道："我原是不教他两人知道啊，上次闹张勋复辟的时候，康南海不是有我那几个徒弟跟着，他能出京吗？我辈的行动，只能认人，不能认事。我辈认定了这人是光明正大的，就处处帮助他成功，防御反对他的侵害。至于这人所做的什么事，我辈不过问，哪怕是一桩于国家极重要的事，倘主持其事的不是光明正大之人，我辈决不因事之重要而出力帮助。为的是国家大事，是非曲直，不是我辈没有学识的人所能判断，各人的主张不同，所见的也就有了分别了，所以只能认人不能认事。"

金秀山一张口，滔滔不绝地说了这么一大篇的话，熊静藩听了，因是初次会面，不知道金秀山的底蕴，心中不免有些疑信参半的地方，当下也不能辩论诘问，只是听到耳里，记在心里罢了。彼此又随便谈论了一会儿，金秀山便告辞走了。

熊静藩问他的寓处，他仿佛觉得熊静藩是打算去回拜，即抱拳说道："你我相交，不在行迹。我到处都是来来去去的，不能抽工夫在一处久留，今天这时分在此地拜你熊先生，明天这时分在山东老家里坐着也说不定。只是我有一句话得说，我此后有信来问候你，你不要吃惊，也用不着回信，有什么吩咐，只须对送信的人说说便了。送信的都是我手下亲信之人，他们不敢胡言乱道。"熊静藩满口应是，心里却不敢相信明天在山东老家里坐着的话。

不知金秀山这话确不确，且俟第三回再写。

第三回

一纸书来故人无恙
数声枪响逻士遭殃

话说金秀山走后，光阴容易地过了三个多月，熊静藩已没有把这回事放在心里了。这日忽来了四个关东大汉，一式地穿着灰色长袍，口称奉金爷的命，特地送信来问候熊先生的。

熊静藩出来，四大汉同时打跧请安，一个从怀中取出信来，双手恭恭敬敬地捧着送上。熊静藩打量这四个人，体魄雄壮是不待说，眉目之间，都现出一种精悍之气；衣服也非常宽大，各人腰间都好像带了什么东西，不过非仔细定睛看不出。看金秀山的信，虽只有几句问候的话，然文字皆极隽雅，是一个擅长文学的人的手笔。

熊静藩见信中没有要紧的事，就懒得写回信，口头对四人说了一番感谢金爷存问，并问候金爷的客气话，拿了四十块洋钱赏给四人。四人初推辞不敢收，熊静藩再三勉强他们才收了，重新打跧谢赏。

四人刚走了不到三小时之久，熊静藩偶然出外，便听得马路上的人纷纷传说，一码头有强盗打死了一个印度巡捕。熊静藩心想：青天白日，怎么会有强盗打死巡捕的事发生呢？随即向一码头走去，想打听是怎样一回事。

走到一码头看时，马路上果然还有血迹不曾洗去，打死的印捕已经用汽车运往验尸所去了，马路上停留看热闹和探消息的人，比平常增加了几倍。

熊静藩走到一家熟识的店里去打听，这店里的人说："我亲眼看见两个身穿灰布棉袍的男子，年纪却不过三十来岁，身材高大，一面并肩走着，一面谈话，从我这店门口经过。横过马路到对门街沿上，好像掳起棉袍，待从里衣口袋取什么东西出来。一个不留神，'当'的一声从棉袍里面，掉下一件很重的东西在水门汀上，我赶着立起身看时，原来是一杆七八寸长的手枪。当时恰好有个印度巡捕，一步一步地在马路旁边踱着，忽见这大汉有手枪掉下，也不说什么，只用眼向大汉盯住。

"那大汉并不惊慌，更不急于拾手枪，还回头望着这巡捕笑了一笑，才行若无事地弯下腰去。刚将手枪拾到手，这巡捕已擎自己的手枪在手，指着大汉喝道：'不许动！'大汉哪里作理会呢？只见他连腰都没伸直，两脚一蹲，就和飞得起的一样，身体腾了空。我还没看得仔细，那大汉便已纵身到了第三层楼上的屋檐边坐着。这巡捕见一个已逃上了屋，正待转枪头对同行的这个开放，只是哪里来得及呢？这大汉早已挺枪在手等着的神气。这么枪头还没掉转，大汉的枪声已响，巡捕应声而倒，枪弹正从太阳穴进，穿脑而出，简直手脚都不曾挥动就死了。

"大汉将巡捕打死，也是一蹲身就腾空而上，但是双脚一着屋檐，不知怎的又掉了一杆手枪下来。坐在屋檐边的那个大汉，见同行的手枪掉了，随即往下一跳，正落在手枪旁边，拾起手枪还看了一看，复望了望巡捕头上的伤处，方重新一跃上房，二人头也不回的，只几纵便不知去向了。等到两头的巡捕听得枪声赶过来时，只看见这个被打的巡捕，创口流血不止，气是已经咽过了。平常若是遇着有强盗和巡捕开枪，马路上的人，总是吓得向两头飞跑，恐遭殃误伤；唯有今日不同，两个强盗都行若无事的，一点儿不慌乱，看的人也没有惊慌失措的，不仅不分头向两边飞跑，反而大家立住脚看强盗蹦上蹦下。"

熊静藩自然很佩服这两人的本领高强，只是听得两人一般的三十来岁年纪，一般的身材高大，一般地身穿灰布棉袍，不由得心里有些着惊。

不知这打死印捕的两个人，是否就是金秀山差来的人，且俟第四回再写。

第四回

防身有器两杆盒子炮
酬德无由一幅米公书

　　话说又过了些时，又有人送金爷问候熊先生的信来了。熊静藩看来的也是四个，也是一般的三十来岁年纪，不过衣服的颜色材料不同，四人都穿了马褂而已。细看四人腰间，也微微地有些显露，好像是带了和那四个一般的东西。

　　熊静藩看过了信问道："前次送信的这回没有同来吗？"其中一个答道："金爷每月有几次派人到汉口来办事，不知道前次送信给熊先生的是谁？"

　　熊静藩因不知道那四人的姓名，不便紧接着将打巡捕的事说出。直到后来送信的次数多了，彼此亲热无话不谈了，熊静藩问他们腰间带了什么东西，他们揭开长衣取出来。原来每人身上带了两杆盒子枪，枪上子弹都装好了，拦腰捆着一条皮带，带里一排一排地插满了子弹，并且有一大半是软鼻弹，弹尖有十字缝的。

　　据说这种软鼻弹，就打在不重要的地方，也得永远成为残废的人，因为软鼻弹的尖头是铅的，约有半分深，以下就是钢的；铅头上还锯了两条十字交叉的口子，一着肉便开花，哪怕近在咫尺，也不至穿透过去。据说这种弹子，是要在被围不得已的时候，才可使用。为的被围自是敌人太多，若一弹送一个敌人性命，金爷说杀人过多，有伤上天好生之德；然不下辣手不能突破重围，钢弹打在不致命的所在，当时还有开枪抵抗的力量，只有这种弹子，就打在手脚上，也得登时倒地。我们打人第一个要穴，就是太阳，一着便昏倒不能开口，免得从被打的口中说出容貌装束来。

熊静藩问道："现在各码头、各口岸都有人检查，你们是这般全副武装的来来去去，如何不被检查出来呢？"他们笑着摇头道："怕什么！"究竟他们何以不怕，大约有关于他们内部的秘密，他们不肯说，熊静藩也不便问，只问了那次打巡捕的事。

据说那两个大汉，就是前次送信的，因那两人有一次在汉口短少了盘缠，曾押了一只金戒指在一码头当店里，那回每人得熊静藩十块钱的赏号，就打算到当店里去赎取金戒指。走到离当店不远，想从里衣袋中取出当票，谁知腰间挂手枪的钩不曾套牢，以致闹出那么大的乱子。两人回去，都被金爷重重地责罚了。

依得金爷那时的性子，定要开枪的那个人自行投案办抵，亏了大家求情，才责罚了事。然他两人就因那回的事做得荒唐鲁莽，直到于今，金爷还没有派差到他两人名下。金爷平生最痛恨的，就是拿人命当儿戏，有时却杀人不眨眼。

熊静藩有个朋友是康南海的小门生，就是绍介在下和熊静藩会面的唐君。唐君与熊静藩往来最密，知道金秀山的事也最详。

一日，在上海见了康南海，想起金秀山的话来，便说道："有一句话，多久就想问太老师，那年复辟不成之后，太老师出京有人同走么？"康南海道："没人同走，我改了装束，谁也不知道！"唐君又道："也不觉得暗中有人跟随么？"康南海听了很诧异地说道："你这话提起来，我倒想起一桩很奇怪的事来了。你何以忽然问我这话？"唐君因将金秀山所说曾派徒弟暗中拥护的话说了。

康南海点头道："哦！原来是这么一回事，他若不说出来，我心里的疑团，将永远不得解释。我那次走上津浦车的时候，就有一个形色很匆忙的汉子，走近我身边，打了一个跤，低声说道：'康大人请坐过那边去。'旋说旋指着车厢角上的一个座位，我看他没有恶意，即移到厢角上坐了。那人离我四五个座位立着，同时在车厢中立着的，还有五六个人，似乎是相识的，却不交谈。我因怀着戒心，所以对厢中人的举动，都很注意。只有这几个立着的，看不出他是哪一类人。而那人又认识我，究竟猜不透他请我移座位，是好意呢还是恶意。车到浦口以后，便不见那人的踪影了。"

康君复将金秀山之为人，并崇拜南海的话说了，康南海很高兴地取了一张玉版笺，挥毫题了四个大字，并很客气地书了上下款，交唐君转托熊静藩送给金秀山。唐君因一时有事不能到汉口去，那字至今还存在唐君行箧中，然金秀山早已得着消息了。唐君还不曾写信告知熊静藩，熊静藩就接了金秀山的信，中述康南海赐字由唐君转交的事。

不知以后尚有什么奇事，且俟第五回再写。

第五回

石尤无阻神仙显神通
二竖交缠异人医异疾

话说熊静藩结识金秀山不久，又有一个姓周的来拜访他。姓周的叫什么名字，在下却忘记了，于今在汉口凡是与熊静藩交好的朋友，无不认识这姓周的。大家都称他"周神仙"，他也受之不辞。在下记述他的事迹，也只好跟着称呼他周神仙。

周神仙是湖南人，初次拜访熊静藩的时候，便直言无隐，说自己是练剑的人，世俗所谓剑仙的便是。剑仙也有组织、有团体，也和侠客一样，各省会、各码头，都派了人坐守。凡是练剑在他这个团体之内的，每年定了日期，到四川峨眉山聚会一次，所有重大问题，都在这聚会的时候解决。他是刚才被派到汉口来，坐守汉口码头的。至于他担负的是些什么任务，他不肯说。

据他说在他之前坐守汉口这码头的姓刘，在汉口三年，每日摆一个测字摊在大智门旁边，替人测字，三年没有能看出他是个剑仙的人。

周神仙有一个朋友在岳州，交情最厚，每一个月得去岳州看那朋友一次，熊静藩曾同去过。那朋友是一个五十多岁的道人，不但没有练过剑，什么学问也没有，什么本领也没有，言谈相貌都很鄙俗，不知道周神仙何以这么对他殷勤亲切。周神仙和那道人都欢喜吃鸭，每次会面总得吃完几只鸭子。

周神仙去岳州也不坐轮船，也不乘火车，只是雇定一只双飞燕的划子，议妥价目，来回多少钱。从来坐民船行到一百里以上的水路，便不能算定时日来回。因为风色不能一定，若是遇着倒风，或狂风，常有停泊在一个汊港里，好几日不能行动的。唯有周神仙雇船，能算定来回的时日，尽管刮倒风，或中途遇了狂风，江里没一条船敢走，独他的船好像能避风的一样，照常行走。

熊家有个老妈子，颈项上生了一个酒杯大小的疮，痛得不能动，躺在床上整日整夜哼声不止，外科医生费尽了气力治不好。熊静藩听了那哼痛的声音非常难过，偏巧这老妈子在熊家服侍十多年了，是个无家可归的可怜婆婆，不能遣送到别处去。

周神仙来了，熊静藩便问他道："你是个有道法的人，我家老妈子颈项上生了个疮，日夜哼痛的声音最惨，你能替她治好么？"周神仙道："且看看，或者能替她治好。"熊静藩因老妈子起床不得，就引周神仙到床前。周神仙看了看笑道："治好是立刻可以治好的，不过这里找不出替她的东西。"熊静藩问："要什么样的东西便可替？"周神仙道："鸡鸭猪狗都能替得，只是她这疮的毒太重，恐怕鸡鸭猪狗都受不住，因替她病而伤其生，是不可以的。老婆婆你得依我一句话，我包你就好！"

老妈子正痛得没奈何的时候，忙答应什么话都依得。周神仙点头道："我方才进大门的时候，恰好看见你家里的厨子，提了一篮黄鳝回来，想必是安排今日午饭用的，去选一条活的，用木盆盛了来。"

熊静藩叫当差的去办，没一会儿就捧着木盆来了。周神仙问老妈子道："你会念往生咒么？"老妈子还没答出来，熊静藩已抢着说道："往生咒会念。我老太太当日持往生咒最诚虔，每逢月半、月底烧起往生钱来，全家的人都得帮着念。她是念惯了的。"周神仙道："那就好极了！你这疮好了之后，每日须念一百遍往生咒，三年不能间断，念时心中须回向这条替你受苦痛的黄鳝，念满三年，就可不念了。从今日起，到死不许吃黄鳝，你依得么？依得便心里发这誓愿，我即刻替你治好。"

这有什么依不得呢？老妈子自然满口答应："依得。"只见周神仙将黄鳝捉在手中，口里默念了一会儿，陡然伸手向老妈子颈项上一抓。

不知有何校验，且俟第六回再写。

第六回

闲闲致词暗弹乡愿
草草走笔惊退正人

话说周神仙伸手向老妈子颈项上一抓，并不曾沾到疮上去。道法的妙用，真不可思议，仿佛抓着了什么东西的样子，在黄鳝头以上二三寸远的地方一敷，登时肿起一个疮来，与老妈子颈项上的一般无二；再看颈项上不红不肿，已完全恢复了原来未生疮的皮肉。因有这种神异的事迹，所以大家称呼他"神仙"。

有一个湖北人姓陈的，与熊静藩是同乡，时常到熊家来玩耍，和周神仙也见面多次。熊静藩每喜要求周神仙占课，断得灵验异常，不过一日只能占一课，占过了绝不再占。占课的时候，无论什么人在房中都不要紧，唯有这姓陈的一来，周神仙便立时停止不占了，也不肯说出一个所以然来，多是推诿他自己心里有事不诚虔，暂时占不得。

姓陈的虽与周神仙见过多次，并没看见过什么神异的事，因此心里不服。他也是个读书人，平日自谓是上流人物的，遂到处毁谤周神仙，并说熊静藩没有见识，容易受人的骗。世间哪有什么神仙？就是会些邪术，也只能称为"妖人"。常言邪不胜正，见了正人，所有的邪术便都使不出来了。所以每次有我在跟前，他立刻规规矩矩地坐了，连课都不敢占一个，是什么神仙？

拿着这类话说的地方多了，当日又有不服姓陈的人，传说给周神仙听。周神仙笑道："我本不是神仙，也没自称神仙，旁人随便称呼有什么要紧！我看他姓陈的本不是正人，要自称正人，倒是有些使不得。"

周神仙这话，也有人搬到姓陈的耳里去了。姓陈的最欢喜充正人，听了说他本不是正人的话，这一气非同小可。这日打听得周神仙到了熊家，就跑到熊家去，熊静藩正陪着周神仙在自己读书的房里闲谈，姓陈的也做作闲谈说笑话的神气，对周神仙说道："静藩和一班朋友，都称呼作神仙，你也公然答应，我想世间哪里真有神仙，便是有神仙，也应住在天上，不应终年还是和凡夫俗子在一块，与凡夫俗子一般地饮酒食肉。你到底是什么神仙，请说给我听听。"

周神仙大笑道："还是你这人爽快！我前日就听得说你自称正人，我觉得你这正人，和我这神仙一样，都不甚妥当。不过我是旁人称呼，没有你这自称的来得爽快些。"姓陈的生气道："我如何不是正人，你何以见得我不是正人？"周神仙仍是嬉皮笑脸地说道："我又如何不是神仙，你又何以见得我不是神仙呢？"

姓陈的愤然道："你既是神仙，就使出一点儿神仙的本领我看。"周神仙笑道："你要看我神仙的本领么？这房里没有外人，倒不妨使一点儿给你看看。"一面说，一面从桌上取了一支笔，在他自己的大指上画了几画。

熊静藩顺便看他画的是两笔眉毛，两眼睛，一只鼻子一张口，画得又草率、又不匀称，也猜不出是什么用意。画完了将笔一掼，即竖起这只大指头，朝着姓陈的大声喝道："来了！你看吧，我是不是神仙，你是不是正人？"姓陈的对指头望了一眼，脸上就吓变了颜色。周神仙接着喝道："看仔细么？"姓陈的到这时也顾不得有熊静藩坐在旁边了，身体筛糠也似的抖着，连忙跪倒在地叩头道："你老人家确是神仙，只求你老人家……"

周神仙不待他往下说，急伸右手将他拉起，用舌头在左手大指头上一舔，连连赔笑说道："逗着你开心的，也这么认真做什么呢？请坐，请坐！"姓陈的好半晌还痴痴地坐着，如失了魂的人。周神仙端了一杯茶给他喝了才好。

姓陈的去后，熊静藩问周神仙用什么法子把姓陈的吓到这样，周神仙摇头道："没有什么，他是读书人胆小，容易使他害怕。"熊静藩知道这是掩饰的话，定要他说出画的那面孔，怎么能使他看了害怕的理由来。周神仙仍是摇头道："何必追究呢？"

熊静藩当时虽不能再问，然怀着好奇之心，总想将来遇着机会，追究他一个所以然出来。

不知追究出来没有，且俟第七回再写。

第七回

黑幕重重自陈隐史
恶因种种又蹈覆车

话说过了些时，熊静藩会着那姓陈的，姓陈的深深作了一个揖道："我那次见周神仙的事，求你不要对外人说，好么？"熊静藩道："要我不对外人说是可以的，不过你得将所以然说给我听，你当时看见他大指头上画的是什么东西？"

姓陈的问道："周神仙不曾对你说出来吗？"熊静藩道："他若说过，我也不问你了呢！"姓陈的道："好在你不是外人，又是亲眼看见我对周神仙的情形，说给你听无妨，不过这事关系极大，须求你代守秘密。"熊静藩点头道："我绝不拿着去胡乱对人说便了。"

姓陈的道："我前年续弦的这个内人，你是见过的，你可知道她的来历么？"熊静藩道："我只知道她是一个刚死丈夫不久的寡妇，旁的来历不知道。"姓陈的道："她嫁我的时候，还带着一个拖油瓶的五岁儿子，去年死掉了，你知道么？"

熊静藩道："我如何不知道，不是害痢症死的吗？"姓陈的道："害痢症是害痢症，但是那痢症并不至送命，这事我实在做得太恶毒了。我因为那儿子不亲热我，跟他娘到我家来一年多，无论她如何打他骂他，他只不肯叫我一声爹。我说我本不是他的爹，就叫我一声伯伯或叔叔都使得，可恶那孩子，连伯叔都不肯叫，并且看见我就像见了鬼的一样，赶紧躲开。

"他人虽只有五岁，背地里对家下雇的长工老妈子，说出些话来，简直和大人一般。他对老妈子说：'他娘没有天良，他爹才死，家里不是没有饭吃，又有他这般大的儿子，不应不顾他张家祖宗香火，带着他嫁到陈家来。'老妈子见他五岁孩子能说这种话，很稀奇地拿着四处传说，弄得左右邻居的人，都说他娘不是好货，见面都不打招呼。他娘固然是气得要死，我心想这孩子既不肯亲热我，又是这么乱说，他的居心就不言可知了。他于今只有五岁，羽毛未丰满，只好跟着他娘在我这里混衣食；若我将他养成人了，他思念前情，心目中还有我吗？我家有吃不完的饭、穿不尽的衣，情愿拿去赏叫化，也不应给他穿吃。但是他娘因为张家没有肯担任抚养他的亲族，所以带到我家来。我于今留母去子，待打发他到哪里去呢？若没有妥当的地方，他娘决不肯让他去，一时想不出安置他的法子。

"凑巧他在这时害起痢症来了，也是他该死，他娘要我去药店里配药他吃，我暗中放了几钱巴豆在药里，几天就泻死了。这事除我自己而外，连我内人都不知道，想不到周神仙那日大指头上画的，就是那小孩儿的面孔。初落眼还只有些相似，细看眉眼简直是活的，横眉怒目地望着我，口里还在咬牙切齿，你说我看了如何不害怕？"

姓陈的说时虽曾要求熊静藩代守秘密，只是他自己既拿着向人说，旁人安得替他绝对守秘密？不多几时，平日和姓陈的有交情的都知道了，因此在下才有这事实供记载。

从这回起，姓陈的再也不敢去熊家，怕和周神仙见面；而周神仙的神仙之名，更加传闻遐迩了。

有一个姓赵的湖南人，在外省做官赚了三四万块钱，年纪也有五十多岁了，打算回湖南安享余年。遇着那时交易所的潮流极盛，一班商家仿佛发了狂的一样，都认定交易所只不开，开了是无不利市三倍的，有许多变卖田产来开交易所的。本钱足的人，嫌湖南的局面太小，不足发展，不能赚多钱，一窝蜂跑到汉口来，买地皮造房屋。

那时汉口的空气，完全是交易所布满了，那姓赵的原打算靠着三四万洋钱安享的，经不起一班亲朋的劝诱，情愿提出一半入股，也到汉口来开交易所。起初赚了些钱，大家嫌资本不充，不好大做，姓赵的赚得两眼发红了，将所有的洋钱，全数提出来充股本，这番大做起来了。

谁知交易所的潮流，竟好像专为要骗姓赵的银钱而来的一般，银钱一拿了出来，生意就亏本了。那种交易所，原来是完全的赌博性质，赚起来快，亏起来更快，不到两个月工夫，三四万块钱，亏了个一干二净。俗话说得好，"福无双至，祸不单行"，姓赵的亏了本，又险些儿被汽车撞死了。

这日他乘着他自己的包车到交易所去，不提防在六码头附近被汽车撞跌了一跤。包车撞得稀烂，倒也罢了，汽车轮盘从他右腿上轧过去，登时把他的右腿碾成两段，骨头被轧得粉碎。当时已昏死过去，不省人事了，扛到医院里，灌救了好一会儿才醒转来。外国医生看他的伤处，说非索性将右腿割断，恐怕连性命都难保。

姓赵的听了外国医生的话，把右腿割断没有，且俟第八回再写。

第八回

奇术如神生死肉骨
大恩在念顶礼焚香

话说姓赵的听说要割断这右腿，他心想割断了一条腿，岂不成了一个残废的人？我记得初到汉口来的时候，某人请我在海天春大菜馆吃饭，有一个姓周的在座，某人给我介绍，说这位是周神仙，神通广大得了不得。人身上生了疮疖，以及一切无名肿毒，只须周神仙的手一抓，立时就抓得没有了。后来我又在旁的地方会过他几次，他为人和蔼极了，我这腿何不去求他治治看。他能治自是我的福气，即算是他治不好，不得已再到这医院里来割断，也来得及。我这腿是汽车碾伤的，又不是有毒在内，为什么不割连性命都难保呢？姓赵的主意已定，即教人扛回自己寓处，打发当差的去请周神仙。

当差的到周神仙住的地方一问，知道到熊静藩家去了，当差的就赶到熊家来，周神仙果在熊家谈话。当差的说明了来意，周神仙挥手道："你先回去对你东家说，我立刻就来。"当差的应是去了。

熊静藩问周神仙道："腿被轧断了，也能用法术治好么？还是用药呢？"周神仙道："须看过伤势，方能定治法，你高兴同去么？这姓赵的虽和我会过几次面，然是一个语言无味的人，有福不知道安分享受，做了一辈子的官，到晚年却跑到汉口来与商人争利，不是自寻烦恼吗？他既知道我，来求我，我并不费事，不能不去行行方便。"熊静藩笑道："我正想要求同去见识见识。"于是二人同到姓赵的寓所。

这时是十一月间，天气很冷，姓赵的躺在床上，用毛毯盖了，只痛得哭泣不止。周神仙揭开毛毯看伤处，乃是从膝盖以下碾断了，并没有鲜血流出，但是紫肿得不堪了。周神仙只略看了看，便对姓赵的说道："这很容易治好，不过你须听我的话。"

姓赵的道："既求先生替我治伤，自然得听先生的吩咐。"周神仙道："我叫你起来，你不能踌躇，就得坐起来；我叫你下来，你就得下床；我叫你走，你不能站住不动；我叫你跑，你得尽力量往外跑。"

姓赵的苦着脸道："我只要心里一想动，就痛彻肺腑，怎么能由先生叫跑就跑呢？"周神仙道："我叫你跑，若还是痛得不能跑，又何必要我来治些什么呢？教人弄一碗清水来吧！"当差的在旁，即去端了一碗清水来。

周神仙接在手中，将左手的中指和无名指跪着，伸起大小指、食指端着碗底，口中一面念咒，一面右手伸中指向水中画符，右脚也在地下画个不住。画念了一阵，喝了一口清水，对床帐上喷去，又喝了一口，喷在姓赵的身上，其实只喷落在毛毯上。

周神仙伸右手在碗里蘸了一手的水，离姓赵的右腿约有二三寸高下，由上至下顺摸过去，摸到膝盖以下，忽然停住手，似乎吃惊的神气问道："胫骨已碎了么？"姓赵的道："大约是已经碎了，怎么呢，碎了便不好治么？"周神仙也不回答，将右手缩回来，偏着头好像想方法，随即将水碗放下，一声不言语，径从床头开后门走出去了。

熊静藩没有跟去，便问赵家当差的道："这后门通什么地方，不

27

是街上么?"当差的道:"后头是一个院子,没有门通街上。"熊静藩猜不透周神仙到外边去做什么,忽听得后院里鸡叫,那叫声可听得出是被人捉住了。熊静藩问道:"你家养了鸡么?"当差的道:"不是我家的鸡,我老爷是寄居在我姑老爷家里,姑老爷家里养的鸡。"

话才说到这里,只见周神仙仍从床头走出来了,右手握了一根三寸来长的鸡腿骨朵,急忙走近床前。左手揭起毛毯,右手连鸡腿骨伸进去,并不用眼睛去看,也不知那右手在毛毯里如何动作了一会儿,就缩了出来,重新端起水碗,重新蘸了一右手的水,在伤腿上顺摸。不但手没沾着伤腿,并没沾着毛毯,约莫了数十下,再喝一口水朝姓赵的脸上喷去,喷了大喝一声:"起来!"作怪就像有人帮扶的一样,应声而起,直挺挺地坐着。

周神仙又喝一口喷了,喝道:"下来!"姓赵的自然能将毛毯一掀,两脚在踏板上立着;喷第三口水喝:"走!"便能提步;第四口水喝:"跑!"绕着房子跑了几转。

周神仙将水碗放下,姓赵的已喜滋滋地跑过来,作了一个揖,还待下跪叩头,周先生连忙扶着笑道:"不要这么客气。"姓赵的不依道:"我叩头不仅表示感激,我实在是佩服得不能不五体投地。若此时定不许我叩头,我此后就供奉你老人家的长生禄位牌子。"

周神仙大笑道:"这算得了什么事,值得这般小题大做?"姓赵的道:"我要拿银钱或别的物件来谢,倒是亵渎了神圣;而受大恩不报,我怎么能算得是人呢?唯有一瓣心香,朝夕顶礼,求你老人家寿与天齐。"

周神仙慌忙掩着两耳辞也不作就走了,熊静藩也跟着就走。等姓赵的追赶出来时,周神仙脚步飞快,已走去好远了。

不知以后还有什么奇事,且俟第九回再写。

第九回

工搬运朋俦齐咋舌
擅土遁茶役暗称惊

话说熊家自产业变尽以后，门庭原甚冷落的，因为时常有剑侠两派的人，到他家中来，至此又渐渐地热闹起来了。有些好奇之士，听得说有周神仙这么一个人，常在周家闲坐，也都常到熊家来。有想亲近周神仙的，也有想看周神仙神异举动的，也有喜听周神仙所谈奇怪事迹的。周神仙也不夸张炫耀，也不故意隐藏。

一夜已经十一点钟了，熊家有二十多个朋友，都因听周神仙谈话，不知不觉地夜深了，加以下起倾盆大雨来，大家被困在熊家不能回去；并且多半觉得肚中饿了，熊家取办不出这多的点心，又夜深雨大，不能打发当差的去买，面面相觑的不得计较。中有一个朋友笑向周神仙道："神仙总应该有办法。我们因贪着听神仙说话，以致如此，神仙不应望着我们为你挨饿。"这朋友这样一说，其余的都笑着附和起来。

熊静藩也笑道："我做东家，没点心款客，神仙也是我家的客，诸位怎的倒向他啰唝呢？等雨略小点儿，我就打发人去宵夜馆里叫面来，望诸位少安毋躁。"

周神仙道："静藩倒不用客气，我们也不做客，你也不做主人，

29

我自从到汉口来，扰你们的回数也太多了，论理我早应该还席请你们，无奈我是一个光蛋神仙，没有还席的资本。你们既是肚里饿了，想吃面，请各自拿出钱来，我尽义务替你们去买来，就算是我还过席了。"

有人问道："要劳动神仙去替我们买，我们吃了也受折磨……"熊静藩道："若也得和平常人一般地冒雨跑出去买来，还算是神仙吗？一定有巧妙的法术，你们多久想看神仙法术的，可以趁此偿这希望了，面钱可由我出。"说时，取出一张五元的钞票来，递给周神仙。

周神仙接了摇头道："不！他们还是各自拿出钱来的好些，每人不拘多少，三个铜子、五个铜子都使得，不够的由我补垫。"众人听了，都笑嘻嘻地各自从怀中掏铜子。

周神仙道："拿一口大衣箱和若干只盛面的碗来，自己拿碗去，免得吃后又得还碗给人家。"熊静藩即吩咐当差的照办。

衣箱和碗都拿来了，放在周神仙面前，周神仙揭开箱盖，数了数碗大小共三十四只，做几叠放在箱里，向众人说道："你们买面的铜子，各自掼进箱里去。"众人都安排了铜子在手，听了这话，都争着掼进箱里。

周神仙扬着手中五元钞票说道："我觉得这房里的陈设品，少了一口大座钟，若有一口大座钟，安放在这边香几上，岂不美观多了吗？这五块钱，静藩本打算买面给你们吃的，我心想你们已是为贪着听我谈话，以致被雨所阻，不能回家；岂可又为你们不能回家，使东家多受五块钱的损失？所以我思量这个办法，你们每人出几个铜子，算不了什么事，我就拿东家这五块钱，替东家买一口座钟来。"说毕，众人都鼓掌赞成。

只见周神仙将钞票也掼进箱里，合好箱盖道："请你们大家把眼睛闭了，偷看了不灵验，便不能怪我！"众人同时将眼睛闭了，只有熊静藩的两眼，似闭实张的，看周神仙左手按住箱盖，右手食指在箱盖上连忙画了几画，便说道："你们可以开眼，不妨事了。"众人静听箱里，一点儿声响也没有。

　　约莫经过了一分钟，周神仙忽然笑道："来了，来了，拿筷子来吃吧！"旋说旋将箱盖掀开。只见满箱热气，随箱盖烘腾而上，众人一拥上前看时，只见一碗一碗的鸡火面，碗靠碗的排列在箱底，上面碗底，搁碗边的又重叠一层，端端正正的没一碗偏侧。无论有如何研究力学的人，若教他是这般碗底搁碗边，要重力平均，不偏不倚地安放十几碗面，恐怕谁也办不到。

　　周神仙点了点碗数道："还好，大小三十四碗，没有短少，你们不可动手，我端给你们吧！"周神仙端出箱之后，众人想照原来的形式，仍将碗底搁在碗边上，只是哪里搁得安稳呢？休说十几碗，一碗也放不稳。端开上层面碗，便发现一口很大的座钟，横放在箱底下，四周都是面碗围着。取出那口钟看时，乃是德国有名的钟表厂里造的，平常到钟表店里去买，足值三十多两银子。熊静藩称谢不置，很欢喜地安放在香几上。当时众宾客中，就有喜占便宜的人，也拿出五块钱来，要求周神仙照样替他买一口。周神仙笑道："这类事情，可一不可再，常做是有干天谴的。"当差的将箱底下的面碗，都端了出来，箱里不但钞票没有，连一个铜子也没了。

　　据周神仙闲谈时，也说他们剑仙的团体里，也非常钦佩孙中山，也是已派人在暗中保护二十年了。便是孙中山在欧美各国游历的时候，负责在暗中保护的人，仍是不离左右。周神仙在汉口，凡是和他同道的人，走汉口经过，没有不和他会面的，十有八九由他介绍

31

来会熊静藩，其中以湖南、四川两省的人为最多。

第一次介绍会面的，四川人姓郭，不曾说出名字，因其人身材很矮，周神仙称他郭矮子，他本人也时常对人自称郭矮子，带了四个徒弟，同到汉口。来到就住在汉口大旅馆，也不知道他是来干什么事的。他独自住一间房，四个徒弟共住一间房，衣服穿得极华美入时，面目也生得清秀，每日早起独自出外，走出自己房间时，叫旅馆的茶房锁房门，茶房照例将客房钥匙带在腰间，免得别人开门进去。

郭矮子每叫茶房锁好门出去了，不多一会儿又在房里喊茶房，有时还有外来的客同在房中坐着。茶房很惊讶地问："没有钥匙开门，何以能进房？"郭矮子笑道："你自己不曾将房门锁停当，我如何不能进房呢？"茶房不相信，出来问他四个徒弟，徒弟都笑着说不知道。

郭矮子初来汉口的时候，和周神仙来往很亲密，半月以后，周神仙忽然不去大旅馆看郭矮子了。熊静藩屡次邀他同去，他只是借词推托不去。熊静藩问是什么意思不去，周神仙不肯说，问了多少遍才说道："女色害人，郭矮子近来在三分里，看上了一个生得极俏皮的姑娘，已结不解之缘了。他与那姑娘虽是前生分定，然既修道有得了，不应该再这么糊涂。我曾苦口劝他不听，只好暂时不与他往来，免受拖累。"

熊静藩问道："受什么拖累呢？"周神仙摇头道："这是我们内部里的事，说给你听也不得明白。"熊静藩道："我与他来往不致受拖累么？"周神仙笑道："与你有何拖累可受？"

熊静藩因喜郭矮子的谈吐好，性情爽直，每隔一两日，必去大旅馆座谈一次。郭矮子不肯提在三分里嫖姑娘的话，熊静藩也不便过问。

这日刚吃过午饭不久，熊静藩坐在郭矮子房中，郭矮子和四个徒弟同在房中作陪。六人正说笑的时分，只见郭矮子陡然吃了一惊的样子，随即立起身来，双膝朝着窗子跪下，四个徒弟脸上也都吓变了颜色，一个个连忙跪伏在郭矮子身后。

不知郭矮子为何如此模样，且俟第十回再写。

第十回

空中显圣小惩淫荒
梦里从师尽传道术

话说郭矮子忽然变了颜色，和着四个徒弟，一齐朝着窗子跪下，郭矮子一面捣蒜也似的叩头，一面自己打嘴巴，并发出哀求的声音说道："知罪了，下次断不敢了。"如是者连说了好几遍，两脸打得红肿起来。

静藩看窗外窗内，皆空虚没有人物，看不出他们玩的是什么把戏。然看了这种情形，料知必是有重大的缘故，随即又听得郭矮子连声说："是，是，是!"接着又叩了几个头，立起来已满头是汗，四个徒弟也站起，脸上都微有笑容了。

熊静藩待问为什么，却恐怕郭矮子有不便说的事。郭矮子已抖了抖身上衣服说道："熊静翁看了我们这情形，多半看不出我们在这里捣什么鬼。"熊静藩道："我正想问，不妨向我说么？郭矮子道："我做也做了，说有什么说不得？不过我已不能在此地久停了，一个时辰之内，就得离开汉口，没有工夫多说话了。简单些说，我在三分里嫖了一个小姑娘，名叫玉如意，想不到被我师母知道了，刚才满面怒容地来了，定要取我脑袋。亏我再三哀求苦告，方饶恕了我这一遭，如下次再犯，绝不容情。"

熊静藩问道："令师母到了什么地方，何以我看不见呢？"郭矮

34

子道："就立在这方桌旁边，寻常人的眼睛，除非她老人家有意使你看见，才能看见，否则是对面不相逢的。"熊静藩道："令师母是谁，姓名可以告人么？"郭矮子道："说起她老人家来，知道的大约不少，就是马提督玉龙的小姐。"郭矮子说完，匆匆检点行李，即时付了旅馆账，由京汉路的火车上去了。

郭矮子去后不久，周神仙忽问熊静藩道："我邀你同去湖南会几个道友，你有闲工夫同去么？"熊静藩道："我横竖在家也是闲居，正想去什么地方逛逛，肯带我去瞻仰异人，莫说我本来尽多闲工夫，就是有天大的事，也得搁下来同去；只不知是去湖南哪一县，是不是交通便利的地方呢？并不是我虑及交通不便的地方难走，因为若是去轮船火车不通的所在，就不宜带多了行李。我是一个纯粹的肉体凡夫，出门衣服被褥都是少不得的。"

周神仙道："行李不妨多带，只去湘潭、醴陵两县。"熊静藩遂收拾行李，与周神仙同坐轮船到湘潭。

在湘潭会见的是欧阳越盦，这位欧阳越盦先生，在下癸丑年在长沙，创办国技学会的时候，曾派人迎接他到会里来往过差不多一月。他的神奇事迹，在下原来知道些，也一般地有记载的价值。近年来的湖南人，少有不知道他的，不过一般人都只知道他是个奇人，是个异人，究竟如何奇，如何异，曾亲眼看见他奇异事迹的也不多；因为他待人非常客气，平常不懂得道家功夫的人去问他，他总是一口回绝，说自己并不修道，也没有会过修道的人，无论如何也不肯承认自己是修道的。

他的年纪，现在至少也有八十岁以上了。他就利用着年纪老，遇有不谙世故的人，逼着他显本领给人看的时候，他不是装耳聋，所答非所问的与人纠缠不清；便说头昏眼花，没精神谈话，因此想看他奇异的事迹，是极不容易的事。只是他若绝对地始终一次也不肯显出来，连口头都不肯承认修道，我们这种纯粹的肉体凡夫，又何以能知道他是个剑仙呢？原来他遇不得已的时候，也还是免不了要显点儿出来的。

据认识欧阳越盦最久，深知他历史的人说：欧阳越盦在十二三岁的时候，生性异常顽皮，专喜出外和左邻右舍的小孩子打架玩耍，不愿读书。他父母只他这一个儿子，希望他读书成名，专延了一个先生在家，教他读书。因为在地下读书，与外边太接近了，外边小孩儿玩耍说笑的声音，容易传达到他耳里，乱他读书之心，特地收拾一间楼房，师弟子两人终日住在楼上，就是吃饭也不许下楼。他心里虽不愿是这么关闭，然也不敢违抗，只得勉强按捺住野性，不出外玩耍。

这日师弟二人在楼上吃午饭，先生不知因什么事，偶然下楼去了，只有他一人边吃饭，边举眼向窗外无意识、无目的地乱看。忽然看见一个白须老头儿，骑马式地坐在墙头上，伸手向他讨饭吃。他觉得奇怪，连忙端起饭碗跑到窗前问道："你这老头儿讨饭，怎么坐在这高的墙头上呢？我这碗饭不吃了，送给你吃，只是如何得到你手里去咧？"

老头儿道："你肯送给我吃，我就到你楼上来。"说时一脚踏在墙头上，立起身来，这一只脚就和跨一条小沟相似，随意便从窗口跨到楼上来了。欧阳越盦既是一个最顽皮的孩子，看了这种本领，如何能不羡慕？当下将手中饭送给老头儿，便说道："你这般容易跨上楼来，是用什么法子的，这法子可以教给我么？"

老头儿接饭在手，两口就抓吃了，说道："教给你是可以的，但是不许你对人说出来。不问在什么时候，对什么人，只漏出一点儿风声来，我就不教你了。"欧阳越盦道："我随便对谁也不说，你教给我吧！"老头儿道："此刻是白天不能教，你今夜在床上不要睡着，我自来教你。咦？楼梯响，你去楼口看是什么人上来了。"

欧阳越盦到楼口看是先生，即忙着回身，待说给老头儿听是先生，但是回头已不见老头儿的影子了。赶到窗口看墙头上，也没看见，心里非常诧异，先生已上来了，又不敢说出来，因为已受了老头儿的吩咐，不许对人说的，心头纳闷了半日。毕竟他是个有根气的人，在这种关头，不与寻常小孩儿同心理；若是寻常小孩儿，遇了这种奇事，绝不能忍住不向人说，夜间更忍不住假躺在床上不睡着。

这夜他假睡到三更时分，果见老头儿到床前揭帐门，一手提着他的臂膊，教他将两眼合上，他只觉得身体微微地荡动了两下，就已脚踏实地了。老头儿叫他开眼看时，眼前景物，完全不是自家的读书楼上了，就星月之光看眼前形势，好像是在谁家花园里。老头儿就此传授他，至于传授了些什么，除了欧阳越盦本人而外，旁人是绝对不得而知的。传授即毕，又提着臂膊，合上眼，如前微微地荡动两下，仍回到床上来了，简直和做梦一般，每夜是这么一次。

经过三四年，书也读清通了，道也学得有门径了，他父亲望他成名的心思太切，逼着教他去应小试。他向老头儿请示，老头儿道："你虽不是富贵中人，但父母养育之恩，不能不报，你努力去应小试，能得着一名生员，于你是没有用处，使你父母欢喜欢喜，也算尽了人子之道。只要你能时刻存心怕堕落，成功之日自在后头。"

欧阳越盦遂从父命小考，这年果然进了学。他父母不待说是非常欣慰，就是他欧阳家的族人，因读书的太少，宗祠里已多年没有新入学的子弟来祭祖了，这回越盦以幼童入学，合族都觉得光荣。然而越盦自从入了这个学，便见不着老头儿的面了。

他虽与老头儿亲近了三四年，只是不知道老头儿住在什么地方，每次问老头儿的姓名、住处，老头儿总是摇头道："你用不着问，问了你也不知，你应当见我的时候，我自会来找你；你不应当见我的时候，便知道我的姓名、住处，也找我不着。"

他既见不着老头儿的面，就只能依着老头儿所传授的用功，不能猛进，又因谨守着老头儿的吩咐，不许对一切说，不敢去访求证道的友人，而他父母只有他这一个儿子，怎肯不给他娶媳妇，希望生孙子呢？他学道既是不肯告人的，自不能向父母说出不娶妻的理由来。好在那老头儿不曾吩咐他，不许他娶妻，迫于父母之命，只得办喜事。

他娶妻之后，仍旧感觉独自修道寂寞之苦。那时湘潭有一个最著名的法师，姓胡行二，大家就称他"胡二法师"，虽不是一个修道的人，然湘潭全县的人，无不知道胡二法师的法术神妙。欧阳越盦也明知胡二法师不是道侣，但是湘潭没有学道的人可交，觉得交胡二法师，比交寻常人于自己有益，遂亲访胡二法师，二人一见如故，就此订交。谁知胡二法师的法术固是高妙，人品却甚不堪。欧阳越盦年纪还轻，阅历更是没有，只知道与胡二法师来往，毫不注意他的行为怎样。越交越密，两人简直情逾骨肉，弄到湘潭的人，凡是知道胡二法师的，都知道他至好的朋友是欧阳越盦。

哪知道如此交不到两年，胡二法师忽犯了盗劫藩库银两的大罪，尽管他的法术高妙，到此时全不中用，一般地被捕快拿获了。

不知欧阳越盦受了他的拖累没有，且俟第十一回再写。

第十一回

叱鬼呼神齐供奔走
吞烟吐雾幻作龙蛇

　　话说胡二法师被拿以后，当官虽未供出与欧阳越盦伙通的话来，然因遍湘潭的人，都知道欧阳越盦是他的至好朋友，这种重大的罪犯，与有嫌疑的人，如何免得了不牵连呢？可怜欧阳越盦尚在睡梦里，也糊里糊涂地被捉到官了。幸亏他是曾入了学的生员，一则官府另眼相看；二则同族的人相信他不是做强盗的，邀合通族的人具结请保，也不知花了多少银钱，费了多少气力，才将他保释出来。胡二法师是正名定罪，枭了首级了。

　　欧阳家通族的人，将越盦保释出来之后，大家就知道他有学道的这回事了，族长当着通族人告诫他道："胡二法师是湘潭有名会法术的人，谁也知道他的本领了不得，只是毕竟还是弄到身首异处下场，这种人应该引以为鉴戒。你既读圣贤之书，如何也做这攻乎异端的事？这回我们是看祖宗的面子，并知道你尚没有与胡二法师伙通的情事，所以愿全族出名保你；若以后你交游再不谨慎，再犯了这类的事，我们便不问情节何如，不仅不出名禀保；就是你自己能辩白开释，我们族人也得在祖宗堂里，重重地惩办你。你要知道我们欧阳族里，外无犯法之男，内无再嫁之女，你果能安分读书，力图上进，何至受胡二法师这类邪人的拖累！"

越盦听了这番告诫，纵有一肚皮的委屈，也不能申说。不过自己也觉得交胡二法师，是交错人了，从此恢复他未交胡二法师以前的状态，每日只在家中读书修道，一切外事不问，一切外人不交，就是出大门外闲步的时候都极少。

这时他的父母都已去世了，他也生了一个儿子，他家住在离湘潭县城七十多里的乡下，一日天色已将黑了，他母舅忽坐着一乘走长路的凉轿来了，进门便很着急的神气对越盦说道："我生长到五十岁，今日才干一桩极荒唐的事，我已急得莫奈何了。"越盦忙问是一桩什么荒唐事。

他母舅顿脚道："我为某处的田事，和某人打官司事，你知道么？"越盦道："你老人家不是为那官事在县里住了半个月吗？我早已听得说了。现在官事怎么样，已了结了么？"他母舅道："哪里得了结，官事不了结不要紧，可恶我自己太不留神，我这回在县里落的那个歇家，谁知倒是某人的亲戚，简直和住在对手家里一样。我进的禀帖要歇家盖戳，还不曾递进衙里去，某人倒已完全知道了，你说我这官事打得过人家么？"

越盦道："你老人家于今既是知道了，赶紧换一个歇家就是，官事没了结，还不妨事。"他母舅道："我的话还没说完呢，你哪里知道我的这桩荒唐事，就是为急于想换歇家，才干出来的啊！我昨夜方打听得歇家与某人是亲，只急得我一夜不曾睡好，今早天光一亮，我便起床雇了一乘轿子坐到你这里来。想不到仓忙急促地动身，将一个要紧的小手巾包儿遗落在歇家了，走到半路上还不曾想起来。直到离你这里二三里的地方，才记起来。天色已这么晏了，无论如何会跑，也不能跑回县里去取，只好打算到你这里请一个人，我拼着多花些钱，务必今夜走一个通夜。明日一早到县城，若歇家的人不曾看见那手巾包，是可以取得转来的。"

40

欧阳越盦问道："那手巾包放在什么地方？里面包了什么要紧的东西呢？"他舅父道："我是住在西边正房里的，手巾包就放在房的书案抽屉里，是一块罗布手巾包的，里面最要紧的是一个手折的底稿，这手折是托人暗中递给县官的，如果落到了对手家里，不但我这场官事不得好下台，便是这县官的声名，说出来也不好听。你看我怎么不着急？"

越盦点头道："这事本来关系很大，不过你老人家也用不着这么着急，你老人家还没吃夜饭的，我且去招呼厨房弄夜饭给你老人家吃。手巾包放在那里，大约不会给歇家的人看见，但请放心，我自去设法拿回来。"说着进里去了。

他舅父独自在欧阳家客堂里吃了夜饭，好一会儿不见越盦，以为是他亲自到外边请人去了。约莫经过了半个时辰，忽见越盦仍从里面走出来笑道："还好，还好！喜得没给歇家看见，已经取得回来了，请看是也不是？"一面说一面将手巾包递给他舅父。

他舅父接过来看了愕然问道："怎么到了你手里？难道是我自己带出了城，在半路上掉了，你拾起来的么？"越盦笑着应是，他舅父却又摇头道："不是，不是，这东西我不带在身上便罢，带在身上是绝不至掉在半路上的。你毕竟是怎生弄到手的，里面包的东西一样也不错，你说你毕竟是怎生弄到手的？"

越盦道："我因见你老人家着急得那么厉害，而失落这东西在歇家的关系又太大了，只得亲自去县里跑一趟，又恐怕你老人家在这里等得心焦，来去在路上不敢停留一步，所以很快。"

他舅父不信道："你这话真是瞎说，从这里到县城，来回一百五六十里路，你就是在路上不停留，也不能这么快。我今日天明便出城，在路上也没耽搁，不是黄昏时候才到吗？"越盦笑道："不是我亲自去拿来的，你老人家说是谁拿来的呢？你老人家只求这手折底稿不落到对手家里去便如愿了，我看不必追问是怎生弄到手的。"

他舅父偶然想起越盦曾与胡二法师结交的事，心里才明白，以为是胡二法师传给他的法术，有差神役鬼的本领。从这事传播出来，凡与越盦有戚族关系的人，多知道越盦有神奇的能耐了。但是想要求他显些儿本领出来，给人当把戏瞧，是无论如何要求不答应的。不过有时被纠缠得无可奈何，也还是显过两次，一次在马家河地方，就是越盦的舅父做寿，同时娶儿媳妇，越盦不能不去拜寿喝喜酒。

他的舅父住在马家河小市镇上，他的亲戚凡曾听他舅父说过取手巾包事的，大家逼着要他显神通。有他舅父亲口证实了，无可推诿，加以有许多长亲在内附和着，更使他不便固执不肯。一班人从白天向他纠缠起，直纠缠到夜深，已有几成年轻的以为绝望自去睡了，他才应允道："即是诸位都要我做把戏，我也只得做一点儿出来。我学会了一样本领，就是会吸烟，可以吸出许多把戏来，诸位要我做把戏，请先拿烟来给我吸吧。不怕多，越多越好！"

有人问他："要吸什么烟？"他说："不拘什么烟，只要是人家吸得的，纸卷烟也好，皮丝烟也好，旱烟也好，有多少就拿多少来。"众亲戚踊跃争先地去了，顷刻间便办齐了各种烟来。

马家河小市镇上的纸卷烟少，只买了三四十小盒；十两一包的皮丝烟也只有一两包；旱烟最多，约莫有五六斤，一股脑儿堆在越盦面前笑道："你说不怕多，越多越好，你看这里多不多呢？"

越盦每样取在手中掂了几掂问道："尽在这里吗，还可以办得这么多来么？"众亲戚笑道："你不要拿这个难为我们，好图推托，深更半夜的，又在这小市镇上，怎么还能多办？不是有意出难题目，给我们做吗？"

越盦笑着点头道："这地方取办不出是实情，至说我有意出难题目，就冤哉枉也。也罢，将就一点儿吧！我吸烟与别人不同，须得

42

几个人帮着我吸，一口气务必将这里所有的烟吸完，那把戏才玩得有趣。"

众亲戚问道："教我们同吸吗？"越盦笑道："你们同吸了有何用处？若要你们同吸，只怕吸到明天这时分还吸不完呢！我吸烟要用这么粗一根南竹，将竹节打通，用这么大的瓦罐做烟斗，要两个人装烟，两个人掌火，我只顾张开口吸；还要一张大白纸，贴在壁上，我吸完了，便在白纸上玩把戏。你们照我说的办，保管你们有好把戏看。"

众亲戚听了这类话，已十分纳罕，自然情愿照办。好在南竹、瓦罐和白纸，都是容易取办的东西，不多工夫就办好了。

越盦吩咐将旱烟、皮丝烟同装在瓦罐里，用火把当纸捻，然后自己张开口，衔着这大旱烟管，呼呼地向肚中吸下去，一点儿烟不喷出来。吸完一罐，接着又装一罐。看的人都惊得吐出舌头收不回去，总共六七斤烟，能装多少罐？只一阵就吸完了。随即又将三四十盒纸烟搓散装上，几口便吸完了，笑向众亲戚道："请看我的把戏。"说时走到张贴的白纸前面，对着白纸凝神注目了一会儿。只见他吹笛子也似的撮聚着上下嘴唇，吹出一股青烟来，如缕不绝地向白纸上盘绕。

最奇的是烟凝聚在白纸上，久久不散，口里不停歇地越吹越有，纸上便凝结得越积越多，渐渐地纸上容纳不下这许多烟了，就仿佛山岫生云，缓缓地向天空舒展。转眼之间，弥漫全室。

将近吹嘘一刻钟，越盦口中的烟，好像已吹尽了。展开两只大袖，飘飘然在房中乱舞了一阵，顿时烟消云散，室内清明，手指着白纸对众亲戚道："请看我这把戏玩得如何？"众亲戚看白纸上，现出一堆大石头，比什么画家画出来的，都要好看些。墨色的阴阳浓淡，细看竟透入纸中，并不是虚浮在面上的。

亲戚当中也有会画的人，都不由得赞不绝口，说是巧夺天工。中有一人说道："这一张画，可以裱起来使成一幅绝好的中堂，只可惜没有落款！"越盦笑道："落款的烟，我早已预备好了，我就落款给你们看。"于是又继续一缕一缕地吹出青烟来，如前一般地在纸上凝聚不散。不到前次十分之二的时间，青烟便消灭了，越盦道："你们看吧，不仅落了款，还有题咏呢！"

众亲戚看纸上龙蛇飞舞地题了几行草字道：磊磊落落，自矢贞坚；既能填海，又可补天。问君之寿，十二万年；知己者谁，襄阳米颠。下面还有湘潭欧阳越盦六个字。

众亲戚看了，不待说又是一番激烈的赞叹。他从这次显了这点儿本领之后，直到民国元年，在他一个本家的家里，才显出第三次的本领来。

不知显的是什么本领，且俟第十二回再写。

第十二回

筵前显绝技举重若轻
室内诉阴谋投明弃暗

话说他第三次所显的虽是硬功夫，不与法术相关，然硬功夫做到他这种火候，也就可以使人疑心他是有神助了。湘潭最有名的豪商欧阳介仁，是他的嫡亲本家，班辈也比他大，欧阳介仁是做鸦片烟土生意发财的，那时所积蓄的，虽不过几十万产业，只因欧阳介仁生性豪奢，又喜结交官府，以至豪富的声名，比有数百万产业的更大。

辛亥革命的时候，欧阳介仁恐怕有匪徒乘着秩序紊乱的机会，来家里抢劫，想请保镖的人在家保护，无奈湖南从来没有以保镖为业的人；知道越盒有特殊的能耐，亲自迎接越盒到家里保护。越盒因自己少年时受胡二法师的拖累，性命亏了族人救出来的，所以对于族人有为难的事，他无不尽力帮忙。这番欧阳介仁去迎接他，他挺身出来，一口担保绝不使介仁家受丝毫损失。

湘潭人谁不知道欧阳越盒，是个惹不起的人物，明知有越盒在介仁家里保镖，自然没有人敢转抢劫的念头了。当他初到介仁家的这日，介仁特地办了极丰盛的酒席款待他，并有意请了些外人做陪客。

酒至半酣，介仁笑对越盒说道："我因为在二三十年前，就知道

45

你有些特殊的能耐，所以今日亲自迎接你到我家来替我保镖。不过我心想你的年纪，今年已有六十多岁了，究竟还有没有少年时的本领，我是个完全的外行，你不显点儿本领给我看看，我是不得而知的。既不能确实知道你的本领如何，我这颗心便有些放不下似的。你我至亲骨肉不客气，此刻就随意显一点儿本领给我瞧瞧，好不好呢？"

越盒笑道："我因为已有二三十年不做身上的功夫了，究竟还有没有少年时的本领，连我自己都非试验一番不得而知。于今既是你老人家开口教我做，我怎敢说半个不字呢？请吩咐当差的搬出四十串制钱来，我只试试气力就够了。"介仁即吩咐当差的照数将制钱搬出来。越盒向左右张开两条臂膊，教当差的将制钱一串一串地挂在臂膊上，右臂挂二十三串，左臂挂十七串，挂好了说道："请同到后面花园里去看吧。"于是主客一同走到花园里。

这花园两边都是二丈多高的风火墙，是预防邻居起火，延烧过来的，单另另的一堵墙竖着，两边墙底下都没有房屋。越盒两膀挑着四十串制钱，径走到西边风火墙底下，提起一只脚来，看了看脚上的鞋子笑道："这鞋底太厚了，笨重不堪，不能穿这东西上高，又忘记了换草鞋，却怎么办呢？也罢！拼着下来换袜子。"边说边从鞋子里脱出脚来，侧着身躯靠墙根站了，抬头仰面望着墙头。

只见他将身体略略往下一蹲，全不费力的样子，就轻轻纵上了墙头立住了。立在墙头上，低头对一个当差的说道："快把我的鞋子，送到那头墙底下放着。"当差的拈了鞋子，忙向那头跑。越盒在上面也跟着向那头跑，不听得墙头上瓦有些微的响声。当差的刚将鞋子放下走开，越盒已翩然而下，两脚不偏不斜地正套在鞋子里。气不喘、面不红，看的无不惊为神勇。

癸丑年在下创办国技学会，就因听得人说，他这种上高的情形，才辗转请人绍介，将越盦接到会里来住着。只是再三问他，他始终不肯承认有这么一回事。

熊静藩跟着周神仙到湘潭会见越盦，同住了几日，每日也只听得越盦和周神仙谈论些旁人不得了解的话，夜间两人都是坐着不睡的。有时三更半夜的，两人忽然高谈阔论起来，是这般相处了十来日，周神仙又带着熊静藩到醴陵会蓝仙果。

这蓝仙果年约五十来岁，仪表并不堂皇，言谈也不风雅，做道家装束，一眼望去，只像是一个寻常穷苦的道人，绝对看不出是有特殊道行的。熊静藩打听他的历史，才知道他的能为，不在欧阳越盦之下，他的逸事，也有足供记述的。

蓝仙果家祖居在渌口地方，传到蓝仙果十四五岁的时候，家中产业都尽了，一贫如洗，简直无法生活。蓝仙果的父母死后，伯叔兄弟渐渐不愿供养他，既没有钱送他读书，也不说起要他学手艺。小孩子完全不受一点儿家庭教育，专一游手好闲，自然不会向正当的路上走去。这地方只要成了一个市镇，便有许多流氓痞棍混杂在里面，四业不居，每日从清早起来，就张开口向空啄食。

渌口地方所容纳的这类流氓痞棍，比一切小市镇都多些，并且凶狠些。这类流氓痞棍，也有团体，也有很简单的组织，这地方无论大行小店，新开张的时候，总得拿出些钱来，送给流氓团体；并得办些酒菜，请这团体里的重要分子吃喝，方能安安静静地开张做买卖。若鄙视他们，不作理会，那就不问这行或店有多大的本钱，多大的势力，也休想做一天顺遂买卖。就是住家不做买卖的人，家里也不能有喜事、有丧事，喜事、丧事都得和新店开张一样，送钱请吃喝，不然也不得安静。

蓝仙果那时年纪既轻，又不务正业，就混进这流氓团体之内，充当一个小流氓。这流氓团体当中，很有几个身壮力强，会些把式的，蓝仙果也跟着练些把式。每有江湖卖艺的人，走渌口经过，不停留卖艺便罢，若要卖艺，必先得这团体的许可。

一次来了一个老道人，一到就在码头上围了一个圈子卖艺，并不曾通知流氓团的首领，流氓团的流氓一个个气得摩拳擦掌，一窝蜂拥到码头上，打算将老道赶出渌口地方。只是大家跑到码头上一看，老道正在兴高采烈地显本领，将道袍脱下来，露出形如枯蜡的身体，大声对看的人说道："贫道并非靠卖艺糊口的人，只因路过此方，一来短少了盘缠，想借小时练的功夫，换几文看钱；二来久闻渌口地方有几个武艺高强的好汉，想趁此领教领教！抛砖引玉，只得先行献丑。我这身体，从外面看虽是枯瘦如柴，里面却还结实，可以听凭人尽力敲打，穿了衣服给人打的不算，会武艺的就可以打得。贫道能脱得一身精光，仰睡在地下，听凭诸公拳打脚踢，武艺高强的朋友，看了贫道不服，存心想来打的，不妨请出来敲打几下看看。"说罢仰面朝天地睡在地下，手脚都放开来，表示无处不能敲打。

在码头上看的人，都望着不敢上前动手，因为安分的人，恐怕打伤了老道受累；唯有这班流氓不怕撞祸，推选了几个武艺好、气力大的，走到老道跟前，各拣要害处拳冲脚撞。老道行所无事地睡着，一不提神，二不运气，拳脚着处，比棉还软。

各人敲打了七八下，同时都觉得不能再打了，挥拳的拳忽不能活动了，使脚的脚也不能自如了，各人望着各人的拳脚发怔。看着红肿起来了，流氓头目知道老道厉害，连忙走出来向这几个动手的流氓喝道："你们这些东西真混账，我一不在家，你们就跑到这里来胡闹，你们有眼不识泰山，还不赶快叩头赔礼，更待何时？"

肿了手脚的流氓，渐渐痛得受不住了，见自己头目这般说，都向老道叩头。老道翻身爬起来说道："何必这么客气！你们自己用力猛了些，闪伤了手脚，不要紧，我摸摸就好了。"随即在各人红肿之处抚摸了几下，果然一霎时都红退肿消了。

流氓头目殷勤邀老道到家中款待，老道也不客气，就在流氓家里住下。这流氓头目哪里有真心款待老道，不过知道老道的本领高强，自己手下人不是对手，不能明白报复，只好打算留在家中，冷不防将老道打翻，当众羞辱老道一顿，好泄泄打肿手脚的愤气。

老道住了一夜，次早起来，一个流氓双手捧了一盆洗面水，送给老道。等老道刚伸手接过面盆，又一个武艺好的流氓，手挺七八寸长的尖刀，悄悄地从背后猛然刺去，以为这一尖刀，无论如何也躲闪不了。谁知老道竟和脑后长了眼睛的一样，不慌不忙地端了一面盆水，往旁边一跳，已跳到丹墀那边站着。

拿刀的见一下子不曾刺着，正待也跳过去，流氓头目恰好走出来，看了又大声喝道："你又敢背着我无礼吗？滚出去！从此不许到我家里来了，是这般暗算人还了得？"那流氓被骂得不敢说什么，羞惭满面地退下去了。

头目又向老道谢罪，暗中仍计算伤害老道的方法。也是蓝仙果合该有学道的缘法，只他一个人认识老道是个异人，不能暗害，这夜他跟着流氓头目，议定了害老道的方法，即私自走到老道跟前说道："道爷何苦久住在这里？这里的殷勤款待都是假的，实在是想暗害道爷。"老道问道："他们为什么事要暗害我？"蓝仙果正待说出来，忽听得脚声响，恐怕被人知道，只得匆匆说了一句道："明日吃早安，不可坐首席。"说毕急抽身走了。

次日吃早饭，流氓头目推老道坐首席，老道仿佛不觉得的神气，安然坐在上面。蓝仙果只急得什么似的，对老道使眼色，老道也不看见，倒被流氓头目看出来了，不由得心中愤怒，暗骂蓝仙果十个指头向外弯，存心将老道打翻之后，再重惩蓝仙果。老道只顾低着头吃饭，冷不防从楼上打下一件东西来，正压在老道头顶上。

不知老道是死是活，且俟第十三回再写。

第十三回

轻裘肥马游子回乡
旨酒嘉肴浪人设宴

话说老道正低着头吃饭，忽从楼上打下一件东西来，正压在老道头顶上。这东西若打在旁人头上，无论什么铜头铁额，也得打成肉饼；只是这老道真有能耐，不但不躲闪，反将脖子一硬，这东西倒在桌上，登时将桌子压断了腿，桌上杯盘不待说，都压得粉碎。原来压下来的，是染坊里滚布的元宝形石头，足有四五百斤重。

老道跳起身来怒道："你们无端要害我的性命，我于今也要取你们的狗命！"这些流氓见又不曾把老道打死，吓得都往门外逃跑，只蓝仙果没有跟着逃出来。大家逃出门还怕老道追赶，跑了多远不见老道的影子，方敢停步。过了好一会儿回家看时，老道和蓝仙果都不知去向了。众流氓正恨蓝仙果走漏消息，巴不得他从此脱离渌口的流氓团体，蓝仙果的叔伯兄弟，更不把蓝仙果失踪当一回事。

悠悠忽忽地过了二十年，蓝仙果忽然回来了。蓝家虽没有产业，然一所住宅是祖传的，蓝仙果名下也有几间房屋。蓝仙果初回的时候，衣服也还穿得齐整，手边也还有些银两，蓝家的人以为他出门得了好差事，乡下人的眼皮浅，不敢再和从前一样，存轻视的心了；本地的商人，也多有与他往来的。及在家住了将近一年，手边的钱使光了，也不提出门谋事的话，仍是每日走东家、游西家，不务正业。有人问他出门二十年，在什么地方停留，如何生活？他只是含糊答应，不肯向人说出一个所以然来。

潂口有一家最大最老的南货店，招牌叫作"罗元泰"。罗元泰的大老板，为人极精明能干，自他经手做买卖，每年至少也得赚几千块钱。蓝仙果虽与潂口街上各家店东多有往来，然独和罗元泰的大老板最要好。蓝家住在潂口对河，蓝仙果时常在罗元泰谈到夜深回家，大老板知道蓝仙果无钱使用，不待蓝仙果开口借贷，每月十两或二十两，情愿送银子给蓝仙果用。

蓝仙果也和用自己的一样，一不推辞，二不道谢，是这般过了两年，罗元泰的兄弟都背地说起闲话来了。怪大老板不应该每年送几百两银子给蓝仙果使用。蓝仙果原是潂口地方的一个游手好闲的痞棍，如何值得每年花几百两银子供给他。大老板说道："二十年前的蓝仙果，诚哉是潂口地方有名的痞棍，于今却不然了，你们看他的外面，虽像是一点儿能耐没有，但是我细心看他，可断定他有绝大的能耐！"

罗家兄弟不服，问大老板，何以知道他是有绝大的能耐？大老板道："他虽不曾对我说他有本领的话，然我看他时常在我这里，坐谈到三更以后才回家去，只就这一桩，已经不是寻常人所能得了。"罗家兄弟笑道："这有什么道理？难道在人家坐到三更半夜回家的，都有本领吗？"

大老板道："你们又不是外省人，也不知道这潂口的情形吗？潂口的渡船，每夜初更以后，便停泊在对岸，谁也叫他们不过来，你们不知道么？"罗家兄弟道："这也算不了什么，他是当痞棍出身的人，或者和驾渡船的有交情，每夜约好了三更以后到这边接他，这也算是本领吗？"

大老板没有话辩白了，只得向蓝仙果道："你我来往了二三年，交情不为不厚，你虽没有在我面前逞过本领，我却知道你确是一个大有本领的人，所以情愿拿我做生意辛苦赚来的钱供奉你。不过我的几个兄弟，多没有眼力，觉得我不应该是这般供奉你，我和他们争论，也争论不过，你得当着他们显点能为出来，使他们相信我的眼力不差才好。"

蓝仙果笑道："我本来没有什么能为，教我显什么东西给他们看呢？你又何以知道我大有本领呢？"大老板将每夜过河的话说了，蓝仙果道："你真可以算得我平生第一个知己，你若不是有凤根的人，也没这般眼力，没有这般心思。我此刻虽没有了不得的本领，但只求使他们相信你的眼力不差，那倒不是一件为难的事，我早已听得人说，不以你供给我为然的，不仅你自家兄弟，渌口街上的商家，差不多全是这般见识，越是反对我的人多，越使我感激你不已。你就不教我显本领，我不久也得玩点儿把戏给他们瞧瞧，使你不致得浪交匪人的恶名，才对得起你。不过我所踌躇的就是，一时还想不出一个显的方法来。"

大老板道："应该如何显法，是非由你自己斟酌不可，因我究竟不知道你有些什么本领。"蓝仙果低头思量了一会儿笑道："有了，有了！我想了一个法子，做起来虽近于招摇，然既是有意做给人家看，招摇是免不了了的。我打算借你这房子请一回客，将渌口街上大行小店的老板和账房都请来，我安排二三十席上等酒菜，大家欢呼畅饮一天，你说这法子好不好？"

大老板道："法子虽好，只是太劳神费事了，并且二三十席上等酒菜，就得耗费不少的钱，无名无色地给他们一顿吃喝了，也太不合算。"

蓝仙果道："要劳神费事，耗费银钱，那我又何必多此一举呢？为的是正要借此显一点儿手段给他们看看。不请他们吃酒席，不好意思无端把他们都邀到这里来，看我显本领。我回想二十年前在这里住着的时候，随便一举一动，都有些对不起这里的人，于今我自谓改邪归正了回家，本应该办点儿酒菜，接大家来欢叙一番，算是我蓝仙果向他们道歉的意思。只是用我一个人的名字，发帖给他们，而所请的地方，又在你家里，似乎不大妥当，我想用你和我两个人的名字。好在此刻正是二月，就当作请春宴吧，你只须预备桌凳和几个斟酒送菜的人，酒菜、茶饭、点心，你多不用过问，我自去向酒席馆借来。"

大老板道："这渌口是个小地方，菜馆虽有，如何能包办二三十桌上等酒席？我看这事你得斟酌妥当，我并不是因为在我家里请客，怕劳神破费，原是为要显本领给他们看，不要弄巧反拙才好。"

蓝仙果笑道："你尽管放心照我说的办便了，请客的日期，可以随便你定，我是无论在什么时候，都能办到。若将客请来了，没有二三十桌上等酒席开出来，我何苦无端出丑，反使你为难呢？"大老板听了虽相信蓝仙果不至于荒唐，但也不知道他将怎生办法，只好依他说的，用两人的名字发了二百多份请帖。

请春宴发到二百多份帖，这种大宴会，不但渌口地方不曾有过，就是长沙省会之地，也少有这般的豪举。这帖发出去，已是很使人注意了，而请喜宴的主人，又有蓝仙果的名字在内。蓝仙果是渌口人人知道的光蛋，有什么钱能请客呢？更是使人特别注意。

到了请酒的先一日，罗元泰厨房里还是冷清清的，毫无准备。渌口街上几家酒菜馆里，也不见罗、蓝两家的人去定酒席。被请的人多方打听，才知道这番请春宴，是蓝仙果有意借此显能为给人看。请酒的日期到了，蓝仙果早饭后就到了罗元泰，对大老板说道："我今日定的酒席，是长沙大酒菜馆里的，钱虽花得不多，然我这番意思，不能谓之不诚。因我没工夫在席上陪客，你可将我这话在席上表白一番。"

大老板望着蓝仙果发怔道："长沙的酒席，怎么能叫到渌口来吃？即算你有法术能搬运得来，只是你说没工夫在酒席上陪客，你到哪里去呢？"蓝仙果听了，知道大老板的意思，无非怕坍台，便笑着说道："我连陪客都没有工夫，还有工夫到哪里去吗？你给我一间僻静而有窗孔的房子，将我反锁在房里，客来了要吃茶、要点心，以及杯筷酒菜，只须打发人到窗孔外边来搬就是了。非等到吃喝完了，我不能出房，因此我没有工夫陪客。"

大老板这才安心，腾了一间僻静的房子给蓝仙果。蓝仙果进房的时候，吩咐不许人在外边窥探，他吩咐虽是这般吩咐，然罗元泰全家三四十口人，听了这种奇事，如何能忍得住不窥探呢？

不知窥探得了些什么，且俟第十四回再写。

第十四回

世乱年荒殷勤筹巨款
腊残岁迫慷慨代长征

话说蓝仙果进了那间静房，罗元泰全家的人，忍不住都前去窥探。只见蓝仙果进房之后，整了整身上衣服，朝着长沙这方面，连作了三个揖，口中好像同时念着咒语。念完之后，从身上脱了一件长衫下来，抖开覆在地下，然后端了一张椅子，坐在覆衣服的前面，闭目不言不动。

不一会儿，外面客来了，罗家当差的到窗孔外要茶、要烟、要点心，只见蓝仙果两手从衣服底下一件一件地拿出来，茶和点心都是热腾腾的，越拿越有。比雇了许多厨子在家中办的，还来得整齐迅速些。看那些盛点心的盘碟上，都刻了"天然台菜馆"的招牌字样。天然台是那时在长沙最著名的大酒菜馆，凡是到过长沙的人，无不知道。二十多桌上等翅席，都是由蓝仙果两只手，从一件长衫底下端出来的。应冷食的冷、应热食的热，连出菜的次序，都没有错乱，各人喜滋滋地吃喝得酒醉饭饱，大家才恭维罗大老板有眼力。蓝仙果的声名，就这回传遍醴陵全县了。

当蓝仙果没有显本领得声名之前，渌口街上除了罗元泰的大老板，谁也不肯拿出一文钱来接济蓝仙果；就是蓝仙果因闲着无事，去这些人家闲坐，这些人家也不大招待。自显了这回本领，许多人便争着延请来家款待，争着问是否需钱使用。蓝仙果却绝迹不到这些人家去了，也不用人家的钱。自己没钱使用的时候，仍是向罗大老板开口。

罗大老板问他是什么道理，前后改变了态度。他说："看我有这些法术，始殷勤款待我的人，十九想利用我得些好处；即算这人有品格，不想利用我得什么好处，想我随时玩些把戏给他们看的心思，是免不了的，我何苦自讨麻烦呢？"渌口人听得了这种言语，才不争着延请了。

一日，蓝仙果忽然对罗大老板道："今年湖南的局面，很难安静，你家的生意，在渌口街上首屈一指，今年却不可和往年一样放手做去，最好把范围缩小些，第一现款不宜多留在店里。"

大老板问什么缘故，蓝仙果道："你照我所说的注意便了，不用追问缘故，更不可将我说的去向外人说。"大老板是最相信蓝仙果的人，听了自然非常注意。

果然这年南北战事发生，生意上大受影响，南兵溃退的时候，攸、醴一带都遭了劫掠，渌口街上仅罗元泰一家因事前得了警告，损失极少，不过罗家的生意大，因湖南全省被兵的关系，放出去的账项，到年终十有七八收不回来，而所欠汉口的货账，是照例不能拖欠过年的。大老板亲自出门收账，直到十二月二十五日方回渌口，计算偿还汉口的货账，尚少五千元，已是罗掘俱穷了，把个罗大老板急得无可奈何。

蓝仙果虽是时常到罗元泰来，但是彼此所谈的从来不关生意上的事，大老板因蓝仙果平日尚且受人的接济，不待说是没有力量帮助人的，所以也懒得对蓝仙果提起短少五千元还账的话，只是愁眉苦眼地唉声叹气。

蓝仙果是何等精明的人，看了大老板这般焦急的神情，便问他

57

为什么事。大老板见问，遂很简单地说了原因。蓝仙果道："既是你自己的账收不回来，将欠人的稍缓偿还，大概人家也可以原谅你。一则因你平常不是不重信用的人，二则今年湖南的商家，差不多没一行不受战事的影响，年终不能偿还货款的，估量必不止你一家，你何必急得这样？"

罗大老板摇头道："做生意的谁肯用这般心思原谅人？明年不打算做生意了，今年不偿还便不要紧；生意不能停歇，信用是万不能失的。时间欠账不还的人，谁说不出一篇可以邀人原谅的理由呢？我家七八十年的老店，于今在我手里坍这么大的台，我此后不但对不起同行的人，连死了都没有面目见开设罗元泰的祖先。"说时，更加急得如热锅上蚂蚁。

蓝仙果道："迟还几千块钱的账，就有这么大的关系吗？既是如此，你不用着急，你只说至少要几千块钱，方能保全你历来的信用？"罗大老板道："已计算了，非五千块不行。"蓝仙果道："你供给了我几年的衣食，你于今有为难的事，我若袖手旁观，论情理也太说不过去了，你不用着急，我决计帮你的忙。"

罗大老板笑道："你快不要存心和我客气，你我相处几年，我岂不知道你的境况，你何必和我客气呢？"

蓝仙果道："你是这般说法，我在渌口是个有名的光蛋，平日专受你的接济，今日岂有力量接济你？不过为一时权宜之计，我却有方法能帮你的忙。我自己因为没抵款，不能约期偿还，所以不能借钱。你于今是有确实抵款的，只不过受了战事的影响，一时收不回来，我敢大胆代替你去借五千块钱来，只问你打算约什么时候还人家，约定了是不可展期的，利息一文也不要。"

罗大老板半信半疑地说道："虽承你的好意，肯代我去借，但是今年的银根，紧得非常，还汉口的账，全要现款，此刻想在湖南办五千块现洋钱，无论如何有信用的殷实大商人，也不是一件容易的事。你不是生意场中的人，不知道这种情形，所以看得这般容易。"

蓝仙果笑道："你是最知道我的人，最相信我的人，怎的今日倒说出这些话来了？若依照平常借贷的手续，在湖南借钱，难道你不会自己去借吗？你的信用倒不如我吗？不用多啰唆，耽搁时间，你只快些打算，这款项在明年什么时候一定可以偿还？时期约远一点儿不要紧，到期时不能展缓的。"

罗大老板见他这么说，始欣然说道："既不妨约远，就约明年端午节还偿吧！"蓝仙果点头道："不是我小气，不相信你，你用罗元泰的名义写一张五千元的借字给我，非经过这手续不足以昭慎重。因五千元在我等小民眼中看了，不是小款项。"

罗大老板也猜不出蓝仙果将向何处借贷，只得随即写了五千元的借据，并盖好了罗元泰的图章。蓝仙果接了揣入怀中道："你那间僻静的房子，再借我一用。"罗大老板便将他引进那房间，照前次的样把房门反锁了。约莫经过一点钟的时间，蓝仙果即在房里叫开门出来，只见他脱下了身上的长衫，裹了一大包东西，抖开来看时，一色是汉口的钞票，点数恰恰五千元。

罗大老板看了，欣然向蓝仙果作揖道："你帮了我这五千块钱的忙，我真感情不浅，我有了这款子，立刻就得亲自动身到汉口去，可恶这个月偏是小建，今年十九不能赶回家过年，我们明年再见吧！"蓝仙果道："有钱还账，何必要亲自去呢？"罗大老板道："年终岁暮，湖南的银钱又如此艰难，几千块现洋，托人送去，如何能放心？我家往年照例是二十四以前，汇款去汉口还账，今年已经过了二十四日，只余四天就是明年元旦了，非我亲自去不妥当。"

蓝仙果道："你是一家主持的人，岂可不在家里过年？我索性替你去跑一趟吧！你将簿据和来往的折子给我，比你自己去得迅速些。"

罗大老板踌躇道："有你替我去，自是千妥万妥，不过这么风雪的天气，害你辛苦一遭，我心里总觉有些不安，你打算乘火车去呢，还是搭轮船去呢？"

蓝仙果望着罗大老板笑道："轮船、火车的费用，留在这里办吃喝的东西过年，我还是只须借你那间僻静的房子坐坐。"

罗大老板即将汉口往来店家的簿账交给蓝仙果，并简单地说明了一遍。这回就关在房里坐了三点多钟才出来，交簿据给罗大老板看道："不但簿上盖了各店家如数收讫的图章及正式收条，我并且要各店都回一个电报给你。你这下子可以放心了么？"

不知罗大老板如何回答，且俟第十五回再写。

第十五回

求贤士秉节顾衡庐
退敌军卜龟得预朕

话说罗大老板听了这话，当然没有话说。到了次日，罗大老板果然接了几个电报，都说承派蓝某来，尊账已如数收楚。罗大老板因此感激蓝仙果是不待说，一家的人，简直把蓝仙果当天人看待。渐渐有些显宦，因闻蓝仙果的名，特地到醴陵拜访他，他并不拒绝。不过有些纠缠着他，要跟他学法的，他便用种种的言语推诿；只有醴陵的叶能珂，是一个学陆军的人，和他的交情独好。

这年南北战争的结果，张敬尧做了湖南督军，南军退到衡州以上驻扎。那时叶能珂在赵恒惕跟前当参谋长，因自家军队打了败仗，图谋报复的心思，十分急切，知道蓝仙果多神奇的法术，占卜更是异常灵验，遂与赵恒惕商量，要迎接蓝仙果到军中帮忙。

赵恒惕也久想见见这个异人，当下就派了一个副官，带了叶能珂亲笔写给蓝仙果的信，并极隆重的聘礼，到渌口来欢迎。

蓝仙果看了信对那副官笑道："叶先生弄错了啊，我是一个山野之夫，疏散半生，懒惰成了习惯，如何能到他军队里面去呢？"

副官忙说道："叶参谋长曾说过了，他知道蓝先生是修道清高的人，厌恶尘嚣，他已准备了几处房屋，都是极幽雅僻静的，听凭蓝先生的尊意，喜欢住哪处就住哪处。军队里面嘈杂不堪，怎敢留蓝先生住呢？"

蓝仙果道："我从来是住在市镇之中的，尘嚣并不厌恶，我其所以说不能到军队里面去，是因为我疏散了半世，什么学问也没有，军队中哪有用得着我的事？我不曾读书，也不会写信，就请你口头回复叶先生，承他的好意提拔我，无奈我是福薄的人，不能受他的栽培抬举。郴州是我旧游之地，我若因私事到了郴州，必去看他。此时因此间未了的事尚多，委实不能奉命。"

那副官说了许多敦劝的话，都是枉然，结果连聘礼也不肯收受，副官只得扫兴而回。

叶能珂见派人聘请不动，仍不死心，亲自到渌口来，直到蓝仙果家里。蓝仙果好像预知叶能珂会亲自来接，先一日忽然吩咐同住的人说，出门须几个月才能回来，匆匆驮着一个包袱走了。

叶能珂到蓝家问知了这种情形，若是旁人必然又失望而去，叶能珂却心里明白蓝仙果是有意躲避，不肯随即离开蓝家。对蓝家的人说道："我辛辛苦苦地跑到这里来，是为有要紧的事，非亲见蓝仙果先生不可，这回见不着，下次还是要来的。与其长途跋涉，来回的辛苦，不如索性借住在这里等他，这是他的家，他免不了要回的。好在我随身带了马弁，可以借这里的锅灶，自己办火食。"

蓝家的人认识叶能珂是蓝仙果的好友，又是醴陵的有名人物，不便推托不肯，于是叶能珂就占据了蓝仙果的住宅，作久居之计。连住了四日，蓝仙果似乎知道躲避不了，第五日仍驮了那包袱回来，进门见了叶能珂便说道："你我既属要好的朋友，又何苦定要使我为难呢？"

叶能珂道："于今北兵蹂躏湖南，全境土匪蜂起，我湖南的人民真是陷于水深火热之中，不可终日。我们的军队，虽不敢夸口说是吊民伐罪的义师，然上自司令，下至兵卒，绝对不是因与北兵争地

62

盘而出于一战。你是醴陵人，去年我醴陵所遭北兵焚杀掳掠的惨劫，是你亲眼所看见的，在你虽有道术，知道是天数注定了，应该受此魔劫；然不能因知道天数如此，便不尽人事以图挽救。圣贤仙佛何尝不知道凡事都有定数，然救世度人的念头，并不因之少歇。你是我湖南特出的人物，你却操着手，眼睁睁望着湖南人受北兵和土匪的蹂躏，不出来救援，我湖南三千万人民，不将死无葬身之地吗？"

蓝仙果见叶能珂说得这般慎重，即点头答道："你的话不错，但我生不读书，既不知军事，复不知政治，你教我凭什么东西去救人于水火呢？"

叶能珂道："你对我说这话，未免太欺我了！我千个门间不下马，万个埠头不泊船，单单跑到你这里来，你还可以拿这些话来推诿么？老实对你说，你这回不同我到郴州去，我情愿先死在你面前，不忍心望着三千万同乡人日受屠戮之惨。"说时猛然从怀中拔出一杆手枪来，对准他自己的太阳穴，要扳机子。

蓝仙果忙伸手将手枪夺过来说道："何必如此！我定同你去就是了，你以为我不肯同你去，是有意高蹈，殊不知我有很多的难处。我明白你定要拉我出来的意思，无非因为略懂得一点儿道法，以为可以利用这点儿道法，在两军交战的时候，暗助一阵；其实这是办不到的事。"

叶能珂听了，仿佛吃惊的神气问道："何以是办不到的事呢？"蓝仙果道："办不到的原因，不止一个，总而言之办不到就是了！庚子年的义和团，能枪炮不入，并不是骗人的话，西太后是何等精明的人，这种枪炮不入的不近情理之谈，若不曾当面试验有效，岂肯轻易相信？至于端王他本人的拳脚功夫，是杨班侯传授的，在当时没有对手，义和团神拳之说，若不在端王面前试验有效，端王又不是一个乡下小孩子，何至于相信到那一步呢？八国联军所持的就是枪炮，义和团的人应该不怕，然其结果一般地被打得血肉纷飞，即此可知道法在平日尽管灵验，一到两军对垒的时候，便不能作用了。"

叶能珂道："我们要借重你的地方很多，如果不能用道法助阵，不用就是了。"蓝仙果推辞不得，只好同叶能珂到郴州。

当时湘军中一班官长，对他无不推崇备至，但是问他吉凶休咎的话，他并不肯直说。只有刘建藩战死的这一次，事前他曾说了，这次战争可望胜利，只是须损一员大将。几个高级军官，知道他有飞剑杀人的本领，三番五次地诚恳要求他帮助一阵，他始终不肯答应。

一次北军由张怀芝带了两师人来攻攸、醴，赵恒惕迟疑不能决，遂亲自到蓝仙果的住处，将情形对蓝仙果说了，请他占一课，看是战的好呢，还是退的好？蓝仙果即时占了一课说道："用不着退却，一战包可胜敌！"赵恒惕笑问道："蓝先生能保险么？"蓝仙果正色答道："若千万生命所系，岂敢儿戏？准备迎敌便了，一定打胜仗。"

赵恒惕因此才决心一战，立刻回司令部发号施令，分左右两翼应战，赵恒惕自当中路。湘军虽能奋勇，无奈子弹缺乏，两翼仅支持了一昼夜，就没了子弹，不能不溃退。两翼既退，中路如何能独支得住？把个赵恒惕急得什么似的，在无可奈何之际，便又到蓝仙果的住处说道："蓝先生是主战的，说一定打胜仗；于今两翼都不能支持地退了，我们中路还是战的好呢，还是退的好呢？"

不知蓝仙果听了这话，如何回答，且俟第十六回再写。

第十六回

奇术巧施转败为胜
重谴立降非人实天

话说赵恒惕这话虽说得很和平，然埋怨蓝仙果的神气，已完全露在面上了。蓝仙果绝不踌躇地愤然立起身说道："战，战，战！我陪司令一同督战去，不胜有我在。"说罢，挽了赵恒惕的手，往外便走，率了一连卫队，直到前线督战。

前线的兵士，本已支持不住，将要退败的，因见赵恒惕亲自带了蓝仙果前来督战，不知不觉地增加了勇气，抵住北军死战。不过北军中也似乎看见赵恒惕到了前线，益发增加了几门大炮，专向赵恒惕、蓝仙果同立的一座小山头轰来。

一颗炮弹从赵恒惕头顶上飞将过去，落在背后田里，炸成了一个丈多口径的大窟窿，泥屑直溅到赵恒惕身上。有一颗炮弹的碎片，将赵恒惕身边的一个马弁，两腿炸断了，赵恒惕虽则是身经百战的勇将，然到了这步田地，总不免有点儿胆寒。而敌人炮火的力量，更一阵密似一阵地增加了，不由得用失望的眼光，望着蓝仙果说道："蓝先生看怎么办？死伤太多，怕不能不退了。"

蓝仙果脸上忽然改变了颜色，横眉怒目地望着敌军那方面，口中好像念着咒语，只见他脚尖一动，随即挥手向赵恒惕道："我已将敌人的炮口移换了方向，赶紧冲锋过去，可以大获全胜。"

赵恒惕听炮声果然稀少了，且不见有一颗炮弹飞过来，遂亲自督队冲锋。这一仗毕竟转败为胜，杀死北兵一千五六百名，俘虏二千余，获野战炮十多尊，北兵退三十多里还不敢住脚。据俘虏的军官说："正在炮战剧烈的时候，十几尊大炮，忽然无端歪倒了，多少人扶不起来。刚待报告炮兵司令，这边的兵已冲锋过去了，措手不及，只得各自弃下大炮逃跑。"

湘军中官佐听了这种供词，益发钦敬蓝仙果如天人。但是蓝仙果自从前线回到住处，就闷闷不乐的不大言笑，仿佛心中有重大忧虑之事。一班湘军官长问他为什么事这么忧虑，他只摇头说没有什么忧虑的事。唯对林支宇及叶能珂说道："我甚悔此行太孟浪，然于今已没有方法可以挽回了，就为前日助阵一事，已遭天谴，幸尚有半年可活，足以勾当我生平未了的事。"

林、叶二人听了吃惊问道："只助了一阵，先生并不曾动手杀伤敌人，何以便遭天谴？"蓝仙果道："我岂肯向两位说假话，我辈修道必先练就剑术及各种法力，并不是为要对肉体凡夫使用的，如果可以拿剑术及各种法力，对付肉体凡夫，那么只要有我一个人，就足够对付在湖南的北兵而有余了。为的是修道的人，无论深藏在什么地方做功夫，照例有种种魔障前来妨碍进步，剑术法力，是在这时候使用的。因妄用剑术法力，以致伤害了凡人生命，无不立遭天谴。此中利害，我早已知道，其所以不愿意跟叶先生出来，就是为明知叶先生看得起我，并不是看得起我本人，乃是看得起我的剑术、法力。我使用则得罪于天下，不使用则得罪于人，左右为难，只以不出来为好。无如你叶先生不知道我为难之处，亲自来舍间坐守，逼得我不能不出。然我抱定了主意，出来尽管出来，绝不轻易使用剑术和法力。想不到这次因一念私心作祟，以致铸成大错，虽追悔如何来得及啊？"

叶能珂问怎么是一念私心作祟，蓝仙果叹道："这回的战争若发生在外省，便是叶先生到我家坐守，也不能逼我出来；若战争火线不在攸、醴境内，不怕桑梓地方再受北军糜烂，也不致弄到今日的结果。因存了怕桑梓糜烂，希望湘军胜利的念头，占课也就得了胜利之兆。或战或走的关系，何等重大？赵司令既取决于我一句话，我岂可不负责任地乱说。我平日占课，从无不验之事，所以敢大胆主战。谁知就因心中有一点希望湘军胜利的私念，占出课来也随着念头转移了。若果为我主战的一句话，使湘军丧师失地，使家乡地方受敌人蹂躏，教我此后如何做人？我知道赵司令同立在那小山上，正当情势危急的时候，赵司令问我怎么办，我这时明知助战必遭天谴，但也顾不得了。原打算吐剑出来，向敌军横扫一阵，如敌军不该死在飞剑之下，剑一到喉管中，便横梗不能动了，至今喉管刺痛。当时只得发愿以身相殉，才得将敌军的炮口移动。此生既是仅有半年的寿命了，未了的事尚多，委实不能再在军中效力了。并且我有一个同道的朋友，已从汉口动身到醴陵来访我，快要到醴陵了，我更不能不回家等候，就此与二位先生告别了。"

叶能珂心里很不安地说道："我真害了你了，难道就不能禳解吗？"蓝仙果摇头笑道："与你有何相干？牺牲我一条性命，能使湘军不致丧师失地，家乡地方不受敌人蹂躏，也算死得很有价值的了。孔夫子说过的：'获罪于天，无所祷也！'只是这些话无须说了，我这回从军，和两位相处得最密，也是有缘，此时别离在即，后会无期。我凭着一线之明，想援临别赠言之例，赠两位几句话，望两位记在心里。"

林、叶二人很高兴地静听，蓝仙果先对叶能珂说道："你近年的命运，不甚佳妙，最好不在军政两届讨生活，家居五年之后再出来，便是一路坦途，没有妨碍了。"叶能珂点头笑道："当军人的在战争的时候，危险自是时刻难免的，只是何能由我家居不出来呢?"

蓝仙果道："当军人的能死在火线上，是极端荣幸的事，所可虑的，就是不死在敌人之手，而死在自家人手里，那便不值得了。"随即掉转脸对林支宇道："你此后的运命，也不甚佳，不过比较叶参谋长的好些。此去五年之后，最好也要家居两年不问国事，过了那两年，方可望事业成就。运命如此，是勉强不来的。"说毕即起程回渌口。

湘军中官长虽不舍得放他走，然既知道他因助战受了天谴，也就不便强留了。叶能珂虽是很相信蓝仙果，但因不能遵守他的临别赠言，后来毕竟在别后第四年，因程、赵之争，被赵恒惕杀了。临死时方想起蓝仙果"死在自家人手里，不值得"的话，已是追悔不及了。

蓝仙果回渌口的这日，正是周神仙带了熊静藩到渌口的这日。二人竟像约会了的，在路上相遇了，一同到蓝家，在蓝家住了几日，仍回汉口。在船上无事，周神仙才将蓝仙果助战遭天谴的话，详详细细说给熊静藩听。

熊静藩计算时日，周神仙在汉口邀他一同动手到湖南来的这日，正是蓝仙果助战大破北军的第二日，那时周神仙，便已知道蓝仙果犯了天谴的事了。可见他们这类异人，对于千里以外的事，有如目睹一般。

此外还有许多现代奇人，留待将来有空的时候，再把他们的事迹，细细叙述出来，本书却就在此暂告结束了。

江湖怪异传

序

张冥飞

恺然新作《江湖怪异传》，系述湖南之巫风，盖与《江湖奇侠传》同体而异事也。携来嘱为校阅，既竟，余语恺然曰："巫之为祸，事之不可解者也；而巫之所以为祸，事之易解者也。"

巫蛊自汉而有，然其敕勒咒禁，不知其何以有效，不可解者也。而巫之为人敕勒咒禁，则多属为家庭争阋，乃招致妖人以戕其骨肉，富贵之可叹，一至于此！人心既死，不鬼亦鬼，不妖亦妖，不待烦言而解矣。夫人而鬼、而妖者遍天下，则巫之假鬼与妖以售其术者，又安得不云谲波诡、层见迭出乎哉！

湘吾故土，而居者日浅，篇中所述，亦尝闻之。世禄之家，鲜克由礼；鬼瞰其室，妖由人兴，无足怪者。比年颇闻扶乩之术盛行，乩之制，由美洲来，盖袭吾旧术，而变易其器械，青年趋之若狂，则以腐败方士之技，加有一洋字头衔，故以言国家则无政治；以言社会则无公道；以言家庭，则混乱鄙陋，未有纪极。而青年之头脑，又复如是，今之现象，无一而非鬼非妖也，则又何惑乎巫祸之腾勃欤。

恺然顾而笑之，因书以弁其端。

民国十二年八月

第一章

楔　子

　　巫的来源古得很，追溯起来，无非是借着替人治病的名头，造作种种神权，吓诈一班人的财物供给，原是靠不住的，何以偏有一班人去迷信他呢？难道几千年下来，简直没有人看破他？看破了，简直没有法子去革除他吗？由此讲来，巫的所以存在，和一班人的所以迷信，其中一定有一个道理的。作者曾经仔细研究一番，从历史上、社会上、政治上观察起来，以为这种种巫术，所以成为风俗的缘故有三：

　　第一，医药没有标准。假使某种病是有治的，某种病是不治的，某种病应该用某种药，一一地都有至当不移的诊断，那就病人和病家，都有了投奔的方向，何至于寒热杂投、中西并进，小病弄成大病，大病弄成死症呢？所以在那病急乱投医的当口，人心惶惶，毫无主意，毫无信赖，那时候除了求神拜鬼，向着虚无缥缈的地方，暂时寄托着生命，请问还有什么安慰病人和病家的法子？这就是巫风成立到今不灭，最普通的一个原因。

　　第二，法律没有标准。假使人民的生命财产，确实有法律可以保护着，杀人的果然偿命，欠债的果然还钱。乃至欺人害人的，都有正确的责罚，绝不许有万一的侥幸，那就一班人，都可以放心大胆的，在秩序范围里过日子。然而不能，试看历年来杀人放火的、霸占别人妻子家业的，十九没人敢管。却是老实安分的、贫苦力作的，十之九都要遭冤枉、受刑罚，甚至于送了性命。请问这样的世界，无钱没势的人，时时刻刻都有身家生命的危险，他除了求菩萨保佑，哪里还有自卫的办法？这就是巫风更加膨胀的一个原因。

第三，人类没有立身的标准。假使社会上有点公论，做好人的虽然苦恼，大家却知道尊重他；做恶人的虽然快活，大家却知道唾骂他。这一种社会制裁，也还可以引人向善，诫人莫作恶。谁知一班人的是非之心，敌不住他的势利之见，本来人不作恶，绝不会有钱有势，既然有钱有势，作恶就更加凶了。然而一班人巴结有钱有势的人，还来不及，哪里敢反对他？有时候还恐怕巴结不上，哪里敢得罪他？由此对于做好人，而穷困不堪的人，不揶揄、不理睬，已经是格外看得起，哪里还有尊重的一说呢？社会上既然没有是非，作恶的不怕没人学样，自然而然地一天多似一天，于是受害的人和没有作恶的能力的人，按捺不下一口不平之气，又实在没法子奈何那作恶的，也只好是希望东岳大帝、十殿阎王，有灵有圣，把许多作恶者下地狱，将不作恶的，或被害的升入天堂，借此吐吐怨气。这就是巫风永远存在的一个原因。

有此三个重要的大前提，又有许多的小前提。古今一班人的迷信，就绝对不是毫无理解的了，迷信的人一多，巫所得的环境的助力，当然很大。加之巫的本身，又实在有许多兴妖作怪的能耐，更自成了一种特殊的势力，说起来，又可怕，又可恼，又可丑，又可笑，作者今就见闻所及，慢慢道来。

第二章

湖南之巫风

作者是湖南人，却也曾走过许多省份，所见的迷信事情，都没有湖南那么多。即如江浙一带的，看香头关亡魂种种，男巫女觋、装神装鬼，究竟不是天天有的。独有湖南，每到夜晚，大街小巷，不是这家冲傩，就是那家拜斗；不是这家退白虎，就是那家喊魂。并且还有许多迷信事件的名目，大概讲来，湖南的巫风，最明显的，有"排教""师教"两种。

排教是用符水治病，自称为"祝尤科"的嫡传，因为祝尤科是辰州最著名的。又有一种木排，是由辰州编钉下水的，凡属做木排生意的人，叫作"排客"。排客非有法术不可，所以祝尤科是排客应该精通的，于是用符水替人治病，都称排教。

师教，是替病人祈祷，他所奉的祖师，叫作"白石三娘"，是一幅裸体画像，教里的人，叫作"师公"。替人求神，叫作"冲傩"，又叫"敬大神"，又叫"杀夜猪"，因为他替人求神，总是夜晚。师公挽髻插花，穿件女衣，乱唱乱跳，敲锣、打鼓、吹牛角闹到天亮，边杀一个猪，取血敬神，就算一场法事完毕。

这两种人，都是不归属于和尚道士和靠庙吃饭的庙祝人等之内。

此外，又有一种法师，专替人家收吓（因吓失魂，代为招回。又有病家取病人衣服，登高而呼，谓之喊魂，亦是收吓一类）、断家

（小孩儿遇见孕妇，其魂便走入孕妇腹内，谓之走家。法师能招回其魂，并断绝以后不至走家）、关符（替小孩儿做寄名符，可免种种关煞）、立禁（小儿防病，或孕妇防难产，由法师作法，用一瓷坛满盛冷水，盖以瓷碟倒置案上，水不漏出，谓之立禁。又有立飞禁名目，瓷坛倒置碟上，却又能悬在空中，瓷碟并不落下，水亦不漏出。更有犁头禁及下蛊种种名目），以及魔魇咒诅之术。

从表面看来，似乎是无关紧要的迷信的事，也可借此养活许多游民。其实他们作奸犯科起来，很有些出人意外的祸害，阅者诸君不信，请看下文所写的事实。

第三章

贡院中之悬尸

　　长沙小吴门外，有一处地方，名叫"五里牌"，是一个小小的市集，约有十三四户人家。其中有一家姓彭的老秀才，名叫礼和，一向是教读为生。为科举废却时文，改试策论，用不着他教书了，他便回家督率他两个儿子，种几亩地的菜园过活。

　　这一年正是前清光绪二十九年癸卯，他在上一年，壬寅补行庚子、辛丑恩正并科的试场里，混了一混，不曾得中。心头十分牢骚，便发誓赌咒地对他朋友亲戚说道："我死也不再进场了。"

　　却是癸卯年，恰是正科乡试，有许多人劝他下场，他心里又活动起来。居然临时抱佛脚的，埋头伏案，看些西学时务的书籍，两三个月不曾出门。

　　有一天，恰在黄梅雨的时候，彭礼和穿了件老蓝布长衫，踏着钉鞋，撑着雨伞，一大早出门去了。当夜不见回来，他家里的人，以为是寄宿在城里的朋友亲戚处，也没在意。谁知一连五六日，总没回来。他的儿子彭大、彭二，每天担菜进城，顺便到各处去问，都说不曾见过他。他一家人这才急了，钻头觅缝地四处打听，又写信去问远方的朋友亲戚。一个多月下来，简直是泥牛入海、渺无消息。他家的人，自然免不了求神拜鬼、烧香许愿、问卦求签，成天成夜地闹，也是没有一点灵验，便有人出来劝他家打猖。

"打猖"是湖南一种特别的风俗，凡是人家病了人，或是丢失了重要的东西，都可以举行这种大典。长沙城厢内外的庙宇，除泥塑木雕很高很大的菩萨法身不计外，多有尺来高的木雕小神像，就是专门预备打猖时应用的。平日供给一班人打猖的猖神，有雷大将军、雷二将军、雷三将军、雷四将军（据说是唐朝帮张巡死守睢阳的雷万春兄弟），又有杨四将军种种名号。当地的人家，如果要打猖，便到庙里和斋公（就是庙祝）商量，先在菩萨面前烧香点烛，磕头禀告，请了神筶，问得准了（两筶皆仰为阳卦，俯为阴卦，一仰一俯为圣卦。占得圣卦，即为神已允许），便在神龛里搬出一尊小神像来，紧紧地捆扎在马轿子的篾兜上（篾织一兜，如仰翻之小竹凳，另用两根竹竿，把篾兜捆扎在当中，如轿式，谓之马轿），叫两个人扛抬着，又叫几个人摇旗放炮、敲锣打鼓，一直迎到家来，叫作"请神"。将神轿高高供在堂中，由掌案（斋公同来，主持一切，谓之掌案）率领着众人拜祷一番，叫作"坐香"。坐香之后，便发起马脚来（神附人体，谓之马脚）。

地方上都有惯做马脚的人，由掌案指定。这人便去扛神轿的前面，另找一个强壮少年，去扛神轿的后面，走到屋前晒禾场上，尽着旋转。旁边的人，燃着火把，敲锣打鼓，帮助神威。一时神气来了，这马脚仆地便倒，口吐白沫。众人扶他起来，那马脚便已目定神痴，又扛起轿子旋转起来，仆地又是一跌。这般闹了几次，那马脚突然自己起立，耸身乱跳，便是神已附体。此时马脚开口说话了，叽里咕噜地说了一阵，便将供神用的瓦杯瓷碟，塞在口里乱嚼乱吞；又能够把铁器烧得通红，两手拿起来衔在口里；又能够把多数的窑砖，烧得通红，铺成一路，赤着两只脚，可以走来走去；又能够在焰腾腾的火里，光着脊梁睡觉……如此这般地显了许多神气，这才抢起神轿，飞也似的乱跑。逢山过山、逢水过水，众人跟着敲锣打鼓，直跟到马脚回头来家为止，这就叫作"打猖"。

这时候已经五月底了，天气很热。彭家打起猖来，那马脚扛着神轿，一直往城里冲将来。一冲冲到贡院门口，那时恰在收拾贡院，有十来个工人，在奎星楼下的坪里拔草，那马脚就冲进贡院，直往里跑。看热闹的人，也有百十人，跟着起哄，直到又北文场的尽头号舍里（湖南贡院里的号舍，分东文场、西文场、西北文场、又北文场等名目），那马脚丢下神轿，纵身上屋，坐着不动。众人上前看时，那号舍里恰悬着一个死尸，登时大噪起来。

忙乱里彭大、彭二，钻将过去，只见那死尸身上，苍蝇叮满，臭气逼人。仔细看时脚下一双钉鞋，身上一件老蓝布衫，虽然加上许多血水的痕迹，确是彭礼和当日所穿的，便大哭起来。当下有人劝说："单是衣服、钉鞋不足为凭，总得看看面庞，才做得准。"于是拔了许多草，将苍蝇赶开看时，只见两眼、两耳、一鼻成了五个窟窿，蛆虫滚滚，嘴唇烂去，只有牙齿露出来，胸前却被血水粘着几十根白胡须。

彭大再上去检看，尸后号板上，搁着一柄雨伞，柄上刻有"彭礼记"字样；又在老蓝布衫的口袋里，搜出一个小蓝布手巾包来。种种证明，的确是彭礼和无疑了。这彭大、彭二，一时没了办法。此时看贡院的差人和地保，听得此事，赶来一看，立刻就去报官。不多一会儿，长沙县来了，相验一番，填了尸格，又传彭大、彭二等人，问了一回。断定是自缢身死，便着彭大、彭二具结，领尸装敛，自回衙门去了。

于是彭大、彭二，一面装敛他父亲尸首，一面托人送马脚和神像回庙。这一回打猖的结果，总算发现了彭礼和是自缢身死。

第四章

顽意团开始侦探

此时长沙城里，有一班公子少爷，每天吃饱了现成茶饭，想找些事情做做，消遣这长天短日；便组织了一个顽意团，大家聚在一处，研究些嫖赌吃着的方法。有时唱唱戏、烦烦票，久而久之，觉得有些厌烦了。恰恰福尔摩斯的侦探小说，此时非常盛行，这一班人，感受了这种小说化，便也研究起侦探术来。

最初呢，不过是调查所看见的美貌女人，或者专门调查别人家庭的秘密事情，完全是少年轻薄的举动。后来有几个人，觉得侦探的趣味很好，便想要着手侦探案件。但是中国的社会组织，种种都不完备，看来很是近情近理的事，当中一定夹杂许多无情无理的情形；看来很是无情无理的事，当中也许夹杂许多有情有理的道理。在这般没有系统、没有秩序、没有理性、没有标准的社会当中，无论用何种科学来解剖一班人的心术态度，总难得有真确的是非黑白表现出来。所以这侦探一事，当然不能有彻底的研究，无非是捕风捉影、侥幸成功罢了。至于公子少爷，出来侦探，又完全是大爷有钱、高兴爱玩的性质，如何讲得到有成绩呢？谁知彭礼和一案，官厅不注意，家属不谈起，居然被一班公子少爷，探出些情形来，可谓难得之至了。

闲言少叙，那顽意团里的侦探队，有个领袖人物，名叫傅继祖，最热心的探员，有谭延寿、公孙宾之一班人。当组合的起初，专在臬司和府县衙门里看审案，公请一个退役的老捕快，名叫郝三胡子的做顾问。他们认识的九流三教、五马六道的人，又很多，地方上出了什么事，得着报告，一定要去侦探一个水落石出。习惯成自然，都认定研究侦探的事情，是天天少不了的功课。正是以有事为荣的档口，听说贡院里吊死了人，本来是少闻少见的，当日都到贡院里实地调查之后，回去研究一番进行的手续，便开始侦探起来。

彭家领尸装敛之后，雇人抬下乡去葬埋。那日会葬的人，有一个傅继祖，据他自己说，曾经拜在彭礼和门下，改过文章，送了很丰盛的奠仪。乡下人办丧事，来宾是照例留着住宿的，晚上没事，大家都在晒禾场上乘凉，天南地北地乱讲。傅继祖听了一会儿，听他们的话头，说到彭礼和身上来了，便插嘴道："我们先生真也死得奇怪，四月初间，贡院的门都是锁着的，他老人家怎会跑进去上吊？"这一句话，把众人怔住了。只有彭礼和的妻弟罗满老官，是一个看地的地师，便道："我也疑心到这里，那天相验，县太爷也不追究这一层。后来我问看守贡院的差人，才知道贡院旁边的一张便门，一经没有锁的，直到进去收拾的那天，才知道。"傅继祖道："他老人家家业，也算得过去，又没有了不得的烦心的事，为什么要寻死呢？"

旁边有人笑道："俗话说得好，寿星公公吃砒霜，活得不耐烦了！"罗满老官生气道："你们这班后生，总喜欢说刻薄话，你们何以见得他是寻死的？"那人不服道："不是寻死，难道是别人害死他的？"罗满老官道："那也难说。"那人道："你既然如此说法，为什么不替他伸冤？"罗满老官道："伸冤？我能够找一个鬼来抵命不成？"

傅继祖忙插嘴道："那天县太爷相验，填的尸格，不是的的确确是自己上吊的情形吗？怎会是有人害他呢？"罗满老官叹口气道："我老实对你们讲，彭大老相这回的死，是被鬼迷了死的啊。"众人齐声问道："你何以见得呢？"罗满老官道："你们好不啰唛！你想活跳跳的一个人，不是被鬼迷了，如何会去上吊？"众人都笑起来，当下又说笑一回，都去睡了。

次日，傅继祖告辞回来，临走的时候，便请罗满老官替他看祖坟上的风水，便自回家。叫人去问那看守贡院差人时，果然那天因为收拾贡院，去开便门，只有一块石头在里面靠着，并没落锁。而且至公堂后面的廊檐底下，有烧焦的号板和一堆灰炭，似乎有人在里面煮过东西似的。傅继祖得了这个证明，就知道彭礼和的死，绝不止于自尽两个字那般简单的了。

第五章

虎威骨令牌

过了几天，罗满老官来到傅家，傅继祖引他看了两处祖墓。回到家中，收拾一间静室，请他住下。晚间灌他几杯酒，摆上个鸦片烟盘，对面睡下，吹起烟来。傅继祖就用话去勾他道："世界上到底有鬼没有？"罗满老官道："那如何没有，不然人死了到哪里去了呢？"傅继祖道："为什么人死了，便没回信，而且我们从来不曾看见鬼呢？"罗满老官道："我们可是看见得多，我们乡里，又有白羊精、黑狗精、黄藤精，都会变成人形的；又有锅精，满山乱滚，见人就撞，撞倒了人，盖住人头，人就闷死了；又有绦精，是扛灵柩的绳子变的，顶长的一根，摇摇晃晃地过来，碰了人，就紧紧地缠死了为止。这许多精，全是有鬼附着的。至于落水鬼、吊死鬼、拦路鬼，我们常常看见，不足为奇！"

傅继祖道："乡里的鬼怪，既然如此之多，你们住在乡里，岂不害怕？"罗满老官道："那怕什么？我们知道有这些鬼怪的，并受不了他的害。"傅继祖道："想是你有道法。"罗满老官道："道法虽然没有，禁制他们也还容易。"傅继祖道："这就大有本领，你是哪里学来的？"罗满老官道："就是你的先生彭大老相，教给我的。"傅继祖道："他老人家也会这一手吗？我倒不曾知道。"罗满老官道："你先生的本领大着呢。那一年他从湘潭坐馆回来，悄悄地对我说，要找个清静偏僻的地方，住几个月，要练奇门遁甲。所有火食日用，全托我替他招扶。我那时正在麻林桥那边捉龙，曾经走到大山中间，借住在一个古庙里，叫作什么龙虎寺。地方很僻静，又宽大，只有一个老和尚和一个斋公（即烧火道人），住在那里。我便说出那地方来，你先生高兴得很，立逼着我同去。

　　"你先生年轻的时候，本来练过笔箓（明朝以来，做八股文章的人，多有练笔箓的。每晚向文昌帝君叩头礼拜，烧符一道，随即提笔做时文。练得快的，四十九天，迟的八十四天，就成功了。平日笔性极慢的人，只要练成笔箓，提笔做起时文来，其快如飞，顷刻脱稿。练笔箓的人，都会扶乩。清代文人，若尤西堂和仙女唱和，即是由笔箓而扶乩所致），很有些神气的。况且奇门遁甲，我也很羡慕，自然要看他如何练法。同到龙虎寺之后，每天晚上，只见他烧香点烛，静坐半天，随后拿起纸来，画许多的八卦。原来他是照年、月、日、时，用六十甲子，推求八卦的方位，分别休、伤、生、杜、景、死、惊、开八门，研究其中的孤虚向背，据说是诸葛孔明传下来的法子。

　　"他是这般练了两个月，那庙的后山上，就断断续续地有了鬼啸之声。渐渐地鬼叫到窗子前头来了，渐渐地鬼火现在墙上，渐渐地风雷之声，从后山树林里透到屋后来。大约两个甲子以后，屋子里渐渐现出鬼影子来，把我吓得要死。你那先生，偏说是什么六丁六甲之神，来听候驱使的。又过了些时，屋子里全是长短大小、奇形怪状的鬼，排得满满的，不到鸡叫时候不散，后来连白天也不散了。

　　"我简直不敢走进屋里去，他也不能走出屋外来，他才急了，想要退送，谁知召鬼容易退鬼难，那许多鬼，简直并住了不肯走。他便叫我，将他书箱打开，取出一个令牌来去送给他。我拿了令牌，到屋子门口，那许多的鬼，果然纷纷退让。及至我走进屋子，把令

84

牌交给他，屋子里的鬼，全不见了。他接了令牌，在桌上一拍，猛然屋子里旋风陡起，吹得桌上的香炉烛台笔砚之类，全飞起来，在空中打转转。桌子一翻，一个斗桶大的骷髅，从地下滚了出来，跳起来对他的头直撞，待把令牌对骷髅打去，一个焦雷，我登时晕倒。

"不知过了多少时候，才醒转来，只见他目定口呆的，仍旧坐在那里。桌子仍旧好好放着，香炉烛台笔砚之类，仍旧排在桌上，丝毫不动，我便喊他醒来。他立刻收拾一切，急急忙忙地和我回家，说是魔头到了，奇门遁甲不能再练，又说幸亏这令牌救了性命。我便问他，到底是怎么一回事？他约略地讲给我听，说是他从前练笔篆的时候，是青城童子附身。后来扶乩，青城童子说他有半仙之分，便劝他练奇门遁甲。后来遇见一位老道士，是精于五雷火的，他就去拜师，传授了口诀，又传授给他这一块令牌。据说这令牌，大有来历，长毛由广西出湖南，洪秀全的妹夫萧朝贵，和一个军师名叫邝天龙的同来。萧朝贵被炮火打死了，邝天龙带领兵马，在长沙门外跳马涧地方，和陕甘兵打仗受伤，后来死在宁乡路上。这令牌就是邝天龙的法宝，临死时传给老道士。

"这令牌，是老虎头上的虎威骨做的。正面刻的是'五雷神火图'，左边刻的是'五岳真形图'，右边刻的是'阳平治都功'神印。这令牌能够召神遣将、驱妖辟鬼，凡是练五雷天心正法的人，得了这令牌，法术就十分高超。如果要练别种道法，有了这令牌护身，就不怕邪魔歪道来侵害。因为练奇门遁甲，是最容易惹动妖魔的。既然有了这令牌护身，所以才大胆练起来，谁知没有缘法，竟被魔头闹毁了，然而逃得性命，还是全靠这令牌。我当时有些不信，便要他现点五雷火给我看看。他说容易，便舀了一大杯冷水，取一个火纸筒儿，点燃搁在杯下。一霎眼的工夫，一大杯冷水，就热腾腾地成了开水，你说奇不奇？"

傅继祖听罗满老官信口开河、鬼话连篇不断的，心里不免暗笑。但是又急于要知道，他之所以断定彭礼和被鬼迷死的意见，便道："真正奇怪极了，但是我先生既然有了这么大的法术，怎么会被鬼迷死了呢？"罗满老官失惊道："你怎么知道的？"傅继祖乘势冒他一冒，说道："我早就听人讲过，不过不知道详细罢了！"

罗满老官叹口气道："彭大老相被鬼迷死，只有我最知道得清楚。你道，他为了什么？就是为了令牌，被鬼偷了去的缘故。"傅继祖听了他这种自相矛盾的奇谈，实在忍不住笑起来说道："你不是说鬼怕令牌吗，鬼又如何敢偷令牌呢？"罗满老官正色道："偷是鬼要偷的，动手的还是人，不过鬼主使那个人来偷就是了。说起来话又很长，我本也不知道，还是彭大老相对我说的，你知道有个'诸天教'吗？"傅继祖道："我听也不曾听见过。"罗满老官道："待我从头告诉你。"

第六章

诸 天 教

罗满老官抽了两筒烟，拈起水果吃着，慢慢地说道："去年腊八日，我有事要进城，就走彭大老相那里去赶早饭。看见他鼓嘟着嘴，坐在那里，一家人都恓恓惶惶地你望着我，我望着你，不敢言语。我诧异起来，便问他们是为了什么。彭大老相便道：'你来得正好，我有话要同你讲哩。'就邀我到他书房里，关上门，对我说道：'我的令牌，被他们偷去了！'我便道：'他们是谁？怎么偷去的？'他道：'就是长沙这一班诸天教的人，但是如何偷法，我还没有查得出来。因为这令牌，我藏在书箱里，用白纸装订成一部书的样子，当中挖个窟窿，把令牌安放在窟窿里。昨天我还看见，今天早上，忽然不见了。'

"我又问他：'诸天教是什么？'他说：'就是从八卦教分支出来的。从前的八卦教失事之后，分为南北两派。北派又因为林清失事，几十年来，销声匿迹，虽然在长毛捻匪里混过，却不曾有大举动。直到庚子年义和团出现，大兴了一下，而今可就散了，聚不起来；南派自从齐王氏失了事，他手下两个大徒弟，是黑丫头、白丫头。黑丫头死在湖北安陆府，白丫头带了些人，躲在贵州大竹子山，就立下这个诸天教，白丫头就做了教主。后来入教得渐多，白丫头从大竹子山，搬到江西袁州的天马山里，修盖一所诸天庙。定下规矩，教主之下，设一个总掌教，各处地方都设一个掌教，十年一任，教友当中有法力最大的，便升掌教。掌教当中，法力最大的便升总掌教。每逢甲年，在天马山开诸天会，各处的掌教，都想争这个总掌教，各处的教友有法力的，都想争掌教。后年是甲辰年，所以教里的人，都在那里预备。

"'我自从学会了五雷火，又得了这令牌，他们早就来劝我入教。我因为法力很浅，没有做掌教的资格，所以不肯。上一回甲午年开会，现在的长沙掌教李炳荣，想要借我这令牌去到会，我没有答应他，因为他的法力很高，所以争得了掌教。这一回开会的日期近了，便有许多人，想来借我的令牌，知道我不肯，便出钱来买，我哪里肯卖呢？所以他们就来偷了。'

"我便道：'你现在打算怎么办呢？'他道：'我非得追回这令牌不可！所以要请你帮我一个忙。'我道：'怎样帮你的忙呢？'他道：'我现在还没有查出，那个下手和主谋的人来，暂且不要你做重要的事。在这年节边，你也不能专心一志地替我做事，而今我只托你，每天到我这里来一趟，我如果出去了，你替我守住这间书房，不许有人进来就得了。将来我总重重地谢你！'这种轻松的事情，我当时自然答应了。每天总去替他守书房，彭大老相，他也天天出去，过了十来天，他居然把令牌弄回来了。"

第七章

突如其来之游学先生

傅继祖道："他老先生如何弄回来的?"罗满老官道："据彭大老相对我说的,真正吓死人!"

原来彭大老相自从不见了令牌,就去找李炳荣,要李炳荣查出偷令牌的人来。李炳荣道："我们教里,现在长沙有道法的人,够得甲辰年争掌教的只有两个人:一个是排教的胡汉升;一个是师教的易福奎。他两个都很正派,绝不会做这种偷偷摸摸的事。而且我在这里掌教,他们绝不会有这种偷偷摸摸的事。据我看来,恐怕是外来的法师做的事。我早就疑心一个人,因为一晌没有出什么大事情,所以没有去问他。而今说不得,非得去找他不可,不过很要劳神费力就是了。"

彭大老相道："我却也疑心到一个外来的人,我说出来,你看对不对? 前月城里办皇会(前清时每逢皇太后、皇帝万寿,官场提倡人民庆祝,名叫办皇会。慈禧太后是十月初十日生日),我和一个朋友去逛,看见一个摆灯谜摊子的(皇会中有许多玩意儿,灯谜也是一种。在街旁边设一桌,桌上放灯,横写文虎候教字样,下粘谜条,是为灯谜摊子),是个精穷破靴党的朋友,戴一顶开花的瓜皮小帽,穿一件许多补丁,而又油腻发光的蓝布夹袍,拖着一双打鼓板的破鞋,高高兴兴地在那里。一面接应众人,一面连写带做。

"我看他很为奇怪，以为既然穷得那样，这又开的是什么心？正想盘问盘问，谁知和我同去的朋友，一连揭了五六张谜条，惹得看的人都哄然大笑。因为他出的灯谜，什么'满城烧煤炭'打'无所取材'（材谐音为柴）呢；'善化（县名，现今已合并长沙县）禁屠九十天'打'三月不知肉味'呢；'田坎脚下一个眼'打'莫不善于贡'（善于贡，谐音为鳝鱼杠，湘人谓钻为杠）呢；'茅厕缸里起大泡'打'始作俑者'（始俑谐音为屎涌）呢。我当时也忍不住笑了一阵，就不曾盘问得他。

"过了几天，我那朋友，到一家有钱的绅士人家，去办虞祭喊礼（湘俗，人家有丧事，邀一班读书人行文公丧礼，赞礼名为喊礼。逢七举行，谓之虞祭。成服成主等，均照文公丧礼办法外，并有招魂做道场，破血湖池放焰口等，乃是仿和尚道士办法，名为儒教道场）。到发引的那一天，起柩的时候，忽然之间漏起堂来（棺中流出臭水，名为漏堂），奇臭非常。大家诧异起来，以为天气非常之冷，棺木很好，如何会漏堂，一定是有人暗中使坏（害人之谓）。仔细查问起来，果然有一个乞丐，背着十三个袋子（乞丐亦有等级资格，等级最高、资格最老的背袋最多。通常乞丐，只能背一袋，背至五个袋，该乞丐必有法术，已可做一方首领。若背至十三个袋，即为乞丐中所仅见。走遍各方，处处为乞丐团中所尊敬，势力很大），走来讨饭，因为忙乱中不曾打发，那乞丐骂将起来，被看门的人打跑。不多一会儿，就出了这事，一定是那乞丐使坏无疑。

"这种起阳沟水的法术（棺中流出的血水，并非真是尸水，乃是有法术的人，运来阳沟中臭水，是谓起阳沟水），本不稀奇。当下一班喊礼的先生们，登时喊了一堂净秽礼，念了几遍静秽咒。谁知棺中血水，仍旧流个不止。大家正在束手无策，忽然来了一位游学先生（读书人流落在外，辄至读书人家，谒见教读先生，请求帮助，谓之游学先生），要见礼生（喊礼的通称为礼生）。看门人又去呼叱他，恰被我那朋友看见，原来就是那位摆灯谜摊子的。觉得他有些奇怪，便上前叱退看门人，迎接进去。问他姓名和来意，叫作什么姚子蓁，因为知道有人使了丧家的坏，将来解救。

"一班喊礼的先生们，自然是求之不得，便和丧家说了，立刻请那姚子蓁做掌坛，又喊了一堂净秽礼。那姚子蓁祀过文公，立在柩前，口中念念有词，抓了一把米向和头撒去。那棺中血水，本来是淋淋漓漓地尽滴，霎时间居然止了，满屋的臭气登时平息，随即发了引。当时一班喊礼先生，自然五体投地地佩服姚子蓁，极力周旋着，又教丧家重重地谢他，谁知那姚子蓁只吃了一口茶，就飘然而去。

"我那朋友对我说知此事，我很为注意。后来探访了二三十天，才知道那姚子蓁，是从洪江出来参师访友的，法术很大。我正想去会他，他已经到湘潭去了。近来几个月当中，凡是到长沙来的法师，我看只有姚子蓁，还像一个角色，所以我最疑心的是他。"

李炳荣道："我说的也就是这位姚子蓁，我知道他住在云麓宫，已经有许多时候了，我们就同去找他去。"

当下便同出大西门，雇只小划船，渡过湘河，望岳麓山去。刚到朱张渡，那姚子蓁已经在码头上，自己通名，上来迎接，二人都吃了一惊。那姚子蓁笑嘻嘻地对彭大老相道："先生来意，我已尽知，令牌呢，不错，是我拿了你的。但是我拿了来，已经另外交给一个朋友了，我的朋友现在谷山，专等你先生去拿，大约我可以从府上拿了来，先生总可以从我朋友手里拿回去。"

彭大老相一听这话，一时气冲牛斗，却又明知姚子蓁的法术比自己高，不敢翻脸，只涨得脖颈都通红了。李炳荣便劝姚子蓁道："我们都是江湖上的自己弟兄，这位彭先生，又并没有得罪你老哥，你老哥有什么事，尽可以商量，何必这么去开他的玩笑？"姚子萦道："老哥的话，责备得极是，不过我这回来做这事情，并不是我的本心，你得原谅我，是我那朋友所托。"李炳荣道："贵友是谁？"姚子萦道："她的法名叫作黑山鬼母。"李炳荣失惊道："她不是早死了吗？"姚子萦笑道："她现在却也不是个活人！"

第八章

黑山教与诸天教之仇

傅继祖道:"这话是怎么讲?"罗满老官道:"你且不要问,等我原原本本地告诉你。从前李炳荣在辰州学了一碗符水,能够医治跌打损伤,便是筋断骨折,只要有皮连着,都可以接得起来。他听说贵阳有一位古德,符水更好,想要去参师。这一天清早,走到一座大山脚下,忽然听得山上有人喊他的名字,他很为诧异,便顺着声音寻去。寻到一棵大树底下,只见一个人,没手没脚的,靠着树根,像竖起来的一个大冬瓜。那人又喊着李炳荣道:'你来得很好,我被仇人所害,把我的手脚都砍断了,丢在这四围的山上,请你替我寻了来。'

"李炳荣见那人有些怪气,便替他寻了大半天,把两只手、两只脚都寻得了,回到那人面前,便道:"手脚可是寻了回来,不过我的符水,不能替你接上去,怎么好呢?"那人笑道:"我自己会接,你只去弄一杯水来。"李炳荣听得那人也会符水,又比自己高明,自然高兴。当下便寻到溪涧边,又寻着野竹,取出护身的解腕尖刀,截了几个竹筒,盛水过来。那人便传他一道符咒,他照着画了,一一替那人把手脚接了上去。一会儿工夫跳将起来,拍着李炳荣的肩头,说道:'你这孩子很好,我正少你这样一个徒弟,我此刻要去报仇,你只到镇远府南门外三义祠里等我。'说着一阵风来,那人已不见了。

　　"李炳荣又惊又喜，便赶到镇远府去等，一等就等了三个多月，那人居然来了，传了许多法术给他，李炳荣学成了，临走，那人嘱咐他道：'我的仇人是黑山教，为头的是一个女人，叫作黑山鬼母，我曾经制死她三次，她又活了。我因为没有防备，所以被她所害。这一次我用七煞神刀，斩了她的七魄，她活是绝活不过来，只是她却懂得太阴练魂的法子，恐怕还要寻我们诸天教为难。而今我传你一件法宝，不到黑山鬼母和我们为难的时候，不准动用。'

　　"李炳荣叩头领了，在江湖上闯了十数年，才做了掌教。这日听说黑山鬼母来了，因为法宝没有带在身上，所以大为惊惶，当下按定心神，对姚子蓁道：'请问老哥，黑山鬼母来到这里，有什么意思呢？'姚子蓁道：'就是专为你老哥来的。你可记得二十年前，你的师父邵晓山和我们黑山教结的仇么？而今鬼母遍寻你师父不见，便要和你见一个高下，所以在谷山专等你去。'又对彭大老相道：'你的令牌，也在鬼母手里，且等他们见过高下，我一定拿来还你。'李炳荣便道：'好好，她既然找定了我，我今晚一定到谷山去拜访。'姚子蓁道："那我就在那边恭候。"说着，便分手各自去了。

　　"李炳荣回到家，便对彭大老相说道：'你可知道黑山鬼母的事情么？她本也是八卦教里的人，和我们诸天教白教祖同在齐王圣母手下，谁知道她看上了清营的将官罗思举，生得雄壮，有心去结识他，泄露了许多机密事情到清营里去，齐王圣母这才失了事。我们白教祖，几番去寻她，都被她闪躲了。白教祖临得升天的时候，吩咐我师父邵晓山，非除去这泼妇不可。我师父寻找她几十年，几乎被她所害，后来虽然斩除了她的体魄，她灵魂仍旧逃跑。我师父早已料定，曾经吩咐我斩除她的灵魂。而今她既然自己找了来，我不得不遵从师命，要开杀戒了！只是这鬼母的本领很大，我一个人恐怕制不住她，况且她又得了你的令牌，我若用五雷天心正法去降她，她也不怕我。而今却要找你帮忙，你的法术虽然不行，但不是我们教里的人，她不甚防备你。我去和她交手的时候，请你在旁边给她一个暗算。'

"彭大老相自然答应了。当夜，两人都预备好了，便向谷山而去。"

第九章

谷山之人鬼战

"谷山在湘河西边，地方是很僻静的。那日正是元宵之后，李、彭二人，渡过河去，走到谷山下，已是二更时候。一阵阵霜风，吹得满山的枯草和树叶簌簌地响。二人趁着月光，一步步走上山去。正走过一片树林，只见当头黑魆魆的一件东西，直滚下来，停住在路当中，把二人隔作两处，定睛看时，乃是一口棺材。李炳荣不慌不忙地取出一把小锯子来，按住棺材就锯。只听得那棺材吱吱地叫起来，越叫越响。李炳荣越锯越快，一会儿锯断了那棺材的一只角，棺材便不叫了。李炳荣这才教彭大老相跳了过去，步步留心。

"又走了一会儿，到了一个山坡，只见当地一堆白皑皑的骨头；李炳荣便止住彭大老相，独自上前。离那白骨才三五步，那白骨突然跳跃起来变成五个僵尸，直扑李炳荣。说时迟、那时快，李炳荣赶忙跳退一丈多远，发手就是一掌心雷！只见一片火光，震得那五个僵尸仍旧成了散骨，零落满地。

"二人又往前，走到一个平冈上，恰有一座石墓在那里，便在拜台石上坐着歇息。忽然狂风一阵，那墓前的石人石马都走动起来，李炳荣忙抓住彭大老相，跳在坟堆顶上，那石人石马已经冲到拜台石边。李炳荣忙嚼碎舌尖，对石人石马喷一口血，一霎眼的时候，那石人石马却都归了原处，丝毫不动了。

"李炳荣大怒起来，对彭大老相说道：'我以为他们黑山教真有什么能耐！谁知都是这种欺骗外行的小玩意儿，我却不高兴找她去了，偏要她来找我。'说着便手捻剑诀，念起大搜山神咒。只听得前后左右的山林里，一声声神号鬼叫，渐渐近了。李炳荣解散头发，盘脚坐在坟顶上，叫彭大老相藏在墓碑之下。

"顷刻之间，阴风惨惨，月色为之不明，便有许多断手折脚、开膛流血、奇形恶状的山魈野鬼蜂拥而来，远远地围住，越来越多，越围越紧；又见磷火滚滚，一群矮小肥胖的鬼，拥着一个身段苗条、腰肢婀娜的女人，直到拜台石前站住，对李炳荣说道：'看你不出倒也有三分鬼画符，我而今且再试试你的手段。'举手一挥，便有一条龙首蛇身的东西，满身金光灿烂，在空中夭矫游行，直向李炳荣的头上扑来。

"李炳荣举手一指，那东西退了下来；又扑上去，一连三次。那鬼母口中念念有词，指着那东西道声敕令，那东西张开血盆般大口，对李炳荣喷出一般毒气。李炳荣连忙喷一口血，那东西回身就走。李炳荣赶着一飞剑，将那东西劈作两段掉下山坡去了。

"鬼母大怒，又一挥手，便有成千成万的水蜮，满地游行，直奔坟顶而来。李炳荣急忙挥剑截下一把头发来，顺手撒去，即就变作无数尺来长的钢针，将许多的水蜮一串串地穿起来，钉在地下。

"鬼母怒吼道：'一不做，二不休！'登时揭起衣服露出肚皮来，用手一拍肚皮裂开来，滚出一个赤发黑皮的小鬼，一跳就跳上坟顶来。李炳荣就是一剑，那小鬼仆地一滚，变成两个，就来扯李炳荣的腿。李炳荣连用剑劈，那小鬼越变越多，只是不退。李炳荣急了，发手就是一掌心雷，鬼母举起令牌一迎，掌心雷回打过来，李炳荣忙用手一指，那雷落在一旁，把石栏杆打个粉碎。

"李炳荣大怒，跳起身来向南方吸一口气，运动本身三昧真火，红焰焰地从鼻口喷出来，把许多小鬼都烧得叽叽地叫了一阵，化作飞灰。李炳荣又催一口气，那喷出来的火，便扑奔鬼母烧来。鬼母便也张口，喷出一片青黯黯的阴火来抵住，红青两火像两条龙似的，从地上直斗到天空。阳火看看不敌，李炳荣急忙运用华池神水，去灭鬼母的阴火。鬼母大吼一声，取出铅刀，一道青火飞劈过来；李炳荣掷剑相迎，一道白光刚抵个住。一刀一剑在空中盘旋夭矫，互相进退。鬼母急了，呼啸一声，便有魔罗夺命恶鬼从空而来，顿时阴云四合，伸手不能见掌。

"李炳荣知道难以招架，赶紧跳身伏在墓后，便将邵晓山赐他的法宝取出来，揭去封口符印，打开盒子。只见一道黄光冲天而起，霹雳一声，大雨如注。一刻工夫，云收雨霁，月光更加明亮。四面看时，所有妖魔鬼怪全都不见，只有那鬼母手举令牌护住头顶，缩作一团。

"李炳荣便叫彭大老相上前夺过令牌，把预备的狗血和秽物从头淋下，取出刀来斫去。那鬼母看看化作一团浓烟，凝住不散。李炳荣又叫彭大老相尽力斫了一番，那团烟渐渐散了；越散越小，只剩得斗桶般大，彭大老相还是大斫不止。那团烟忽然滚跳起来，突然爆裂，现出一个尺来长赤身裸体的女人，腾身飞起不知所在。李炳荣得胜而回，彭大老相的令牌也就归了原主。"

傅继祖听了这一大篇妖魔鬼怪的话，仍旧忍不住要笑。罗满老官正颜厉色地说道："你不要不信！俗话说得好，莫道无神却有神，你如何可以不相信？"傅继祖道："我如何敢不相信？我笑的是那个什么黑山鬼母，既然没有十分出色的法术，又已经做了鬼，何必再出来寻仇觅恨？"

罗满老官道："你说黑山鬼母没本事吗？她还是有本事，不然彭大老相如何会送命？"傅继祖道："难道他老人家就是死在黑山鬼母手里？"罗满老官道："岂敢！你想彭大老相无缘无故地去乱斫那鬼母一顿，又淋了她一身的狗血污秽，损了她的道行，她找不上李炳荣，她不找彭大老相找谁呢？"傅继祖道："你说他老人家是被鬼母害死的，还有什么凭据没有？"

罗满老官道："怎么没有？第一，那令牌仍旧不见了；第二，彭大老相一死，我曾经去问李炳荣，据他说，一定是鬼母来报了仇去。因为那天鬼母的魂仍旧逃跑，而且姚子蓁那人至今没有下落，就不是鬼母来害死彭大老相，也就是姚子蓁那厮来替鬼母报了仇呢！"

傅继祖忖了一忖，便道："如此说来，这世界真是个鬼世界了！"罗满老官道："本来鬼混唐朝，从古就有的。"当下又谈了些别的话，将近天明，便安歇了。次日起来，傅继祖又托罗满老官去寻地，便别过了。

第十章

顽意团之会议

一间精致的小书房里，傅继祖正邀着公孙宾之和谭延寿，在那里谈论彭礼和身死不明的案子。傅继祖把罗满老官的话述了一遍，只笑得谭延寿拍手跌脚道："据他所说，简直是一回封神榜，这班人无知无识一至于此！"傅继祖想起罗满老官说话时装模作样的神气，也就笑了一阵。只有公孙宾之坐在一旁，半晌也不言语，谭延寿便问道："宾之，你为什么不作声？"

公孙宾之道："你且不要笑，也不要断定他无知无识。我据他这一段话看来，其中很有许多失支脱节的地方，这种种失支脱节的地方，恐怕就是我们侦探本案的一条线索。我们倒不要因为鄙薄他是鬼怪之谈，就粗心浮气地放他过去。"

傅继祖道："这话有理。"

谭延寿道："宾之，你何妨把你所要考究的地方，提出来讲讲。"

公孙宾之道："那是自然！我仔细忖度一下，其中很有几件要讨论的。而今我们先要分别罗满老官所说的话，有哪几桩是真的，有哪几桩是假的，再进一步去研究这些假话，还是罗满老官本店自造的，还是有人特为编成了冤他的。我们先把他弄明白了，就有处着手去侦探了。

"我的意见：第一，彭大老相有令牌是真的。因为我有一个亲

100

戚，前几年请他教书，有一个丫头被狐狸精迷了，彭大老相曾经出头结坛作法，是有一块长毛的军师传给他的令牌，他很自夸自赞的，后来那丫头居然好了。我那亲戚就说彭大老相有些妖气，借事辞了他的馆。

"第二，江湖上一班装神捣鬼的东西，想要谋夺他的令牌也是真的。我家从前有个长工司务学过法术，有他师父传给他的令牌。我那时候很小，见着新鲜，便拿了来玩，随手就搁在书柜子里，过了些时，我也忘了。那位长工司务不见了令牌，遍问不知去向，简直烧香点烛、磕头礼拜、痛哭流涕地闹了好几天；便说一定有人偷了去的，便要使法诅那个偷令牌的人。我无意中开书柜，看见了令牌才记起来，拿去还他，他欢喜得什么似的，登时买了些香烛、钱纸、三牲之类供了一回，还一定要我吃那三牲，说是吃了这三牲就不得犯他的咒了。后来我问他：'你这令牌是师父传的，自然你用起来就灵，别人偷了去如何用得着呢?'他说这也有道理的。譬如人家家里多有供着财神的，自己想要供灵他，保佑着发财，是很不容易的事。若是能够去偷得一个别人家长供的财神，一定三年之内要发财。所以有法术的人，偷了我的令牌也可以有用。可见得他们迷信起来，有不可以情理解说的。

"第三，姚子荪有没有那个人，可不知道；可是那家人家漏堂，和有人出那些别字的灯谜，是真的，早有朋友说给我听过。

"第四，李炳荣的符水很好是真的。去年我到湘阴，住在我堂兄家里，有个堂侄才八岁，不知怎样从晒楼上跌下来，把大腿骨挤到腰上来了，登时痛得昏死过去。当时有人荐一个祝尤科跑来一看，说自己的功夫不到家，赶紧到省城去请李炳荣才行。我道：'看他这样子，能够拖得一二天吗?'那祝尤科道：'不怕! 我画碗止痛的符水给他吃，可以保得三天，你这里赶快去请，还来得及。'我堂兄立

101

时派人去请李炳荣。第三天一早来了，看了一看，说容易，容易！当时画了一碗水，叫我堂侄吃了三口，便把剩下的水敷在腰腿上，叫一个人用力抱住我堂侄。他一手抵住腰，一手抓一腿，就是这么一扯；滑挞一响，登时复了原形，立刻就可以走跳自如了。我堂兄要重谢他，李炳荣一概不要，说道：'我若要你一文，以后就不灵了！'祝尤科的真传是这样的，这是我亲目所见。便是那胡汉升、易福奎，也都是有名的法师。这几件，我认定罗满老官所说是真的；其余的就很难考究，大概可以断定他是假话。不过他说这一大段假话，一定总有个用意的，我们应该得从情理之中研究一番，再揣想他们那些邪魔鬼怪，出乎情理之外的所以然。"

谭延寿跳起来，连声称赞道："到底是宾之细心。"

傅继祖道："延寿，你不要乱。据我看，那些什么诸天教、黑山教，恐怕也是有的；不过没有哥老会、三点会、青红帮、安清道友那般著名罢了！"

公孙宾之道："我也知道这些党会是有的，我是专指罗满老官所说的事实而言，我而今再逐一地提出来研究。即如从前川楚教匪闹了许多年，又突然闹出一个齐王氏来，当时本来说他是白莲教的余党，所以张船山的宝鸡题壁八首诗里头，有'白莲都为美人开'的一句。王仲瞿做的那部《蟫史》，就是写川楚教匪和齐王氏的事，所说的'锁骨菩萨阿修罗少主'就是指齐王氏说的，可见得齐王氏的法术是很不错。

"至于齐王氏手下有白丫头、黑丫头两个心腹婢女，也是有的。嘉（庆）道（光）年间，许多名人笔记里头，很有些记载。便是罗思举奉了勒保（当时剿匪的钦差大臣）的差遣，去刺杀齐王氏，我也曾在笔记里见过，并且川楚教匪至今还有余党。

"即如长毛时候，浏阳的征义堂，据老年人说来，就有教匪的意味。我有一个老世交，名叫张治堂，一身好功夫，他就是从征义堂逃出来的小头目学的。他曾经说起他师父，在征义堂只算是三等角色，然而施展起武艺来，六十斤重的九齿钢钯，使得风雨不透，碗口粗的毛竹碰上去就折断了。又据他师父告诉他的，征义堂上的大哥，能够使一百二十斤重的铁棍，使开了，周围二丈开阔，棍风处处都到。无论什么兵器，只要沾着棍风，就嗖的一声，被它扫去，抛在几十丈以外。人若碰了棍风就得废命！而且抬枪里，打出来的铁钉，遇见棍风也就飘开了去，打他不进，鸟枪的子，就更不用说了！所以江忠源（号岷樵，后来在安徽抚台任上死于长毛之手）去打征义堂，带了许多抬枪鸟枪，在夜晚上，出其不意地才把寨子破了。然而围住那位大哥，从山上直打到山下，打死一百多官兵，几回几乎溃围逃走。后来因为被打死的官兵的血肉，飞溅起来，蒙糊了眼睛，手脚慢了些，这才被一排鸟枪打翻的。

"还有两个女头目，是苟文润（川楚教匪最后之头目）的侄孙女，法术很高。寨子未破前，那位大哥因为许多头目，只怕枪炮，便取出几大捆包皮纸（皮纸用以包物者，湘人呼为包皮纸），来教她们扎在胸腹上掩护。俵分的时候，口里嚷着说：'一个一刀，每人一刀。'那两个女头目听见，连声说兆头不好，掐指一算，大惊失色地说道：'难星到了，赶快集队，冲下山去！'话犹未了，就是一片抬枪轰来。便有一块碎锅铁飞来（抬枪中往往加入长钉碎铁，作为子弹），铲去一个女头目的半边脸，那一个女头目，就腾空走了。这受伤的女头目，胡乱抢了一把刀，随手就地一扫，白光起处，那放抬枪的官兵，被他腰斩了三十多人，那女头目才倒地死了！你看，这种邪教可怕不可怕？"

谭延寿便道："宾之，你这些话太扯开了！我们而今要言归正传，直接痛快地研究一个访查的法子才对。"公孙宾之不高兴道：

"你总是浮躁，我不是预先说过，要从罗满老官失支脱节的话里头，寻出一条线索来吗？你不先辨别罗满老官话的真假，怎么行呢？"

谭延寿冷笑道："不错，我是浮躁，我可不能像你专学《儿女英雄传》上的安老爷、二鞑子吃螺丝，从一杆长枪，闹到驴子下马。"

公孙宾之生气道："你爱听就听，不爱听就请便。"谭延寿也生气道："我却不信你这位精细人，能够侦探得什么情形出来，我总瞧你的就是。"傅继祖忙劝道："大家是好朋友，何必如此？"公孙宾之抢着说道："我总有给你瞧的一天，你不要忙。"

谭延寿冷笑道："我从今天起，专在家里恭候着就是！"说着，提脚便走。傅继祖拦不住，只得送出去。谭延寿愤愤地说道："他要我瞧他的，我还要他瞧我的呢？"也自去了。

傅继祖回身进来，公孙宾之已经出来了。傅继祖留他再坐一会儿，公孙宾之不肯，临别对傅继祖道："我查得有点头绪，便来告诉你。"说罢，自去。傅继祖当夜想到天明，定了主意，便独自去找李炳荣。

第十一章

东茅巷之怪屋

谭延寿回到家中，心里兀自愤愤不平。铁青着脸，独自坐在书房里，饭也不吃，觉也不睡。他只和夫人柳氏住在长沙，柳夫人知道他的牛性子，起先也不去理他；后来见他呆坐到半夜，忍不住便去问他为了什么。谭廷寿向来是佩服他夫人的聪明才干的，一一地告诉了，免不得还要求教求教一个出气之法。

柳夫人想了一想便道："彭礼和死得不怪，却是罗满老官的话太怪了。据我看来，你要想侦探点头绪出来，只有专从罗满老官下手。"

谭延寿道："怎样去侦探他呢？我难道天天去跟着他走，不怕他疑心么？"

柳夫人笑道："你真太笨了！罗满老官既然是一个地师，就不怕没有法子去打听他的举动。这一着，待我先叫个底下人去做，用得着你时，我再指点你，可是因为你这一说，触起我眼见的一桩奇事，要请你替我打听打听。"

谭延寿忙道："是一桩什么事呢？"

柳夫人道："胡家花园住的程二少奶奶，前月不是做三十岁吗？你们都在那里唱挂衣贺神戏的（长沙谓票友集唱为贺神班，若化装演唱，为挂衣贺神）。程二少奶奶因为从来没有生育，恐怕二少爷要

105

讨小，一径是求神拜佛地闹了几年。这回我去祝寿，她因为我也没有生育，特地约我同到一个什么集云坛去求子，是一个姓傅的老妈子对她说的，说是灵得很。我本来不信这些，却因为听说长沙城里，有许多妖魔鬼怪的事情，想要见识见识，所以答应了程二少奶奶和她同去；并且先送了十两银子到坛里去，先做起法事来。

"大前日，程二少奶奶来了，说坛里做的法事圆满了，赶快去敬神，当下我就和她同去。我坐在轿子里，记得是从小东茅巷出去，朝东转弯，只有十来家远，一家朝北的房子，墙门上贴着堂名条子（某宅某寓某公馆，或某某堂等字条，均谓之堂名条子），是龙喜杨三个字。

"轿子抬进厅上，我们下轿，傅妈已经在那里等着，引了进去。我留心看时，厅后面是三开间的住房，却把中间的堂屋关闭；格门上，糊着很厚的纸，不知道里面是些什么。走过右边的正房后房，再进去，又是一进三开房的住房，也和前进一样；却是走过左边的正房后房，再进去又是一进三开间的房子；拆了板壁，做一个敞厅，四围空空洞洞的，一点陈设也没有，只有当中放着一张八仙桌，四面都有桌帷，四角都点上一支很大的绿蜡烛。桌上当中，供着一个尺来高的四面菩萨，傅妈便要我们上前去磕头。四方都拜了，这才跪着默祝。

"说也奇怪，我看程二少奶奶默祝之后，那四面菩萨的手一动，便现出一个红色小包，傅妈便喜得叫道：'菩萨赐了灵丹了，赶快拜谢。'程二少奶奶又磕头下去，那红纸小包，就从那菩萨手里掉下来。我心里不信，以为是有人在桌子底下做鬼，我趁着傅妈拿红纸包交给程二少奶奶的时候，赶紧去拜四方。偷着揭起桌帷看时，原来下面有一个尺深的洞，洞里点着一盏琉璃灯，洞的四围放着许多死雄鸡，鸡头都垂向洞里。我转到前面来默祝，祝过之后，傅妈也叫我叩谢灵丹。我接过红纸包，又留神看了，却看不出她们做鬼的机关在哪里。

"出来时，我留神看她的倒堂（即堂后之轩），第二进里是许多的神像；第一进满屋里全挂着长长短短、大大小小的木头牌子，有金漆的、朱漆的、黑漆的，有挂上红绸子的、黄绸子的，上面刻着福缘善庆、群仙庆祝、老五彩庆、万育群生，种种字样。"

谭延寿道："这是城隍会里各帮的名字。"（湘中赛城隍会，各业均加入游行，每一团体，特标四字为识别。）

柳夫人道："我也知道。不过这种牌子，是各帮做了，送到城隍庙里去上会的（上会即加入赛会之谓），为什么挂在她那个什么集云坛里呢？况且她那三开间三四进的房子，我们进去了半天，除了傅妈，并不曾见着一个人，好像空房子一样，也未免太奇怪了！我所以要你去打听打听。"

谭延寿皱着眉道："这事也可以叫底下人去的。"柳夫人道："千万使不得，你想这个什么集云坛，是傅妈说起来的，可见得老妈子底下人和她通气的多着呢！你既然要想做侦探，又怕亵渎了公子少爷的身份，那如何行呢？"谭延寿没话可说，只得答应下来。

107

第十二章

巫蛊杀人案（一）

　　程二少奶奶的丈夫，名叫程景明，景明的哥哥，名叫景伊，他父亲祖洛，是长沙数一数二有面子的绅士。景伊娶的洪氏，乃是个大盐商家的女儿，生得很丑陋。景伊不满意，总在外边拈花惹草，却偏偏地和洪氏生了四五个女儿，三十外才生了一个儿子，取名佛保，看待得非常宝贵。

　　二少奶奶是归老师的女儿，归老师是有名的翰林，四十岁上就辞官回乡，一径做育德书院的山长。二少奶奶生得如花似玉，和景明恩爱异常，却是过门了十多年，绝无怀孕的影响，所以才去集云坛求神。谁知神圣果然有灵，夫妻俩分服了灵丹，二少奶奶居然是红潮三月不至，医生诊断说是坐喜，一时说不尽的高兴。景明二少爷自然是要照着乡风，往朗公元帅庙里，请令箭、辟邪魔，又请了著名排教法师胡汉升立了禁。眼见得十月满足，一定要生下个宁馨儿的。

　　这年十一月间，祖洛先生六十岁的生日到了。祖洛恐怕惊动了亲戚朋友，预先带了个姨太太躲避到乡里去了。男性的来宾，自然少了，可是女性的来宾，不独不减少，而且比较地要多些。因为景伊兄弟，约了挂衣贺神，要热闹七八天，因此轰动了全城的女太太，都想要来开开眼界；顽意团的人，自然是兴致百倍。

这一热闹，就热闹了十天十夜，大人都熬不住了，佛保才六岁，岂有不熬成了病的道理？加之成天成晚唱戏，一家的人都像疯了一样，茶饭无心，起居无节，更没有心思去照管小孩儿。小孩儿知道什么？冷的吃一阵，热的吃一阵，油荤吃一阵，水果吃一阵；而且风里、雨里、霜里、雪里，乱跑乱跳；烤一会子火，又去着一会子凉。在那热闹时候，提起精神来玩，尚不觉得，及至戏场一散，当然现出病来了，头痛胸闷，发热怕冷，分明一个内伤饮食、外感风寒的症候。

请来的郎中先生，因为他是很有钱人家的少爷，总说是体子虚得很，又给他吃了几剂补药。这一来，把表里都闭住了，狂热不退，口里乱讲、胸腹胀满，大小便都不通，大少奶奶这才慌起来；敬神许愿，闹得个不亦乐乎。于是便有献殷勤的老妈子丫头，推测病源，说是二少奶奶曾经抱了佛保，在酒席上吃了一块鸡，一定是走家走到二少奶奶肚皮里去了。这话一传，所有收吓的法师、冲摊的师公、拜斗的道士、念经的和尚尼姑们，大家都说是有阴人冲犯了。大少奶奶急得无可如何，便不惜重资，专请断家能手——师教的头儿、脑儿、顶儿、尖儿易福奎，替佛保断家。每天晚上，又是钟儿、磬儿、铙儿、铃儿地闹。

凑巧二少奶奶这几日正是劳累之后，又和景明恩爱得过了点度，不曾守得胎教，下面有些见红。于是二房里的老妈子丫头们，当然也要献些殷勤。况且又有傅冯冯从中鼓捣，便说是大少奶奶买通法师，要制死二少奶奶肚皮里的小官官。二少奶奶听了，便一把鼻涕、两泡眼泪地诉说给景明听。景明大怒，便也请了许多的法师，专一立起保安禁来。

大房这边断家的，叮叮当当闹到天亮；二房这边立禁的，也就当当叮叮闹到天明。一连又是五六天，佛保命不该绝，他外公洪大盐商荐了个医生来，下了一剂发表兼攻里的药，不妨事了。只可怜二少奶奶，每天听了老妈子丫头告诉她的怄气话，每晚又要挣扎精神，等法师来使法，怎么禁得住？这一天，一阵血崩，把个三个多月的胎，给堕了下来。景明大不答应，立时立刻地请客讲理，说是大少奶奶不该替佛保断家，所以这边小产了。景伊便解说道："你那边还是一个血泡，男女不知，生产得成不成还说不定，我岂可以眼睁睁地看着六岁的孩子，走家过去，就此送了性命！"于是一班本家亲戚，都说景伊的话有理，大家劝景明要看开些。

景明正拗不过大家时，谁知客厅里所说等等的话，早有人报告给二少奶奶听了。二少奶奶大大地一气，登时血往上冲，昏晕过去，就此死了。景明大哭大喊，说就是用血泡比较佛保，自然佛保为重；而今二少奶奶因此身死，比较佛保又是谁重谁轻呢？

景伊听得二少奶奶身死，知道不妙，早就溜了。一班本家亲戚，奸猾些的也溜了，剩下一半笨拙些的人，围住景明劝慰。景明大跳一阵，竟跑到长沙县里去喊冤。县太老爷知道是大绅士家的家庭事务，当时请了景明进去，极力劝了一顿。景明一定不答应，非告他哥嫂巫蛊杀人不可，县大老爷没法，只得收了状纸，敷衍景明出了衙门；随即去拜访洪盐商和归老师，又派人下乡去请问程祖洛的办法。

这日祖洛和姨太太，睡到傍晚才起来，正在那里吃生片羊肉暖锅。忽然接着他家里账房表老爷余毅夫，专人送来的信，说是二少奶奶小产血崩，危险已极，请赶快上城。祖洛心里就有些不自在，眼望着姨太太出神，姨太太问是什么事，祖洛叹口气道："老二的堂客（湘俗呼女人为堂客）病了，要我进城主张医药。"姨太太撒娇撒痴地说道："才在这里过了几天清净日子，况且你是有了儿子、孙子的，我可没有！我好容易求了个方子来，这两天才有点意思，你

110

又要为这些零碎事分了心，我这一辈子就成了个没尾巴的绝户！你要去尽管去，我不跟你上城。"祖洛连忙安慰姨太太道："我不去！我在这里陪你。"

便叫了城里专来的人上来，吩咐道："我这两天不大爽快，不敢冒着这么大的冷风上城。你回去和佘表老爷、二少爷说，二少奶奶的病，赶紧请郎中诊治就是了。"来人只得诺诺连声地退下去。祖洛放开怀抱，又和姨太太吃喝起来，又安慰了姨太太许多的话，姨太太这才欢喜了。

饭罢，同到鸦片烟铺上，躺在一堆。姨太太偎在祖洛怀里，替他烧烟。祖洛的手握在姨太太怀里取暖。恰是迷迷糊糊最适意的时候，县大老爷专人送信来了，祖洛才知道二少奶奶死了，二少爷已经告了状，不免大吃一惊。当下命人招待县里的差人，一面恳求得姨太太许可同进城去，这才吩咐预备轿子，一宿无话。

次日大早，就动身赶上城来，却是一晌酒色过度，又来着受惊受急，一路上冷风一吹，下午到得家中，免不得责骂景伊、景明一顿，又受了气，当夜就病倒了。

第十三章

鸦片烟馆中得来之消息

那时长沙人吃鸦片烟的风俗，比较各处地方，实在有猛烈的进步。无论大街小巷，隔不了五六家人家，一定有一爿烟馆。而且最讲究吃老枪，无论什么有钱的阔人，在家里总不能过瘾，非得上烟馆里，去吃那已经抽热了的老枪不行。无论是什么破床烂席子极不堪的地方，挑箩、抬轿、担粪的人齐集的所在，只要有一杆老枪出了名，一班王孙公子、富商阔老，都得去试一试的。

据光绪二十八年的调查，保甲局里所发的烟馆门牌，城里有三千八百五十户之多；城外也有九百多户。那时长沙城里有四大名枪：一支叫作蛤骨枪；一支叫作虾蟆枪（又名驼背枪）；一支叫作玳瑁枪；一支叫作韶枪。曾经有人征联道是："牙骨蛤蟆玳瑁韶，名枪四大"，是悬之国门，不能增减一字的。据说蛤蟆枪、韶枪两支，同为善化县的差人陈又满所有。陈又满在都正街开了一爿烟馆，专靠这两支枪大发其财，后来就不肯轻易给人吃，只应酬老主顾。

当时就有几句口号，道是："驼背一枝花，韶枪也不差；若要想得吃，喊我三声又满爹。"后来因为这口号，得罪了长沙府的大少爷，寻个错处，把陈又满上站笼站死了。陈家的人，还是靠这两支枪吃饭。

四大名枪之外，又有一支枪名"烂杆子"。因为有一家烟馆，

112

犯了事发封，那老板已经发财，不愿再做，就把一支老枪出卖。有一个姓卫的少爷，出四百两银子买了去，在家里吃了几天，觉得味头不对，一时恨起来，拿了把刀，把那枪劈作四块，丢了不要。那少爷有个底下人，知道这里面的道理，便拾了起来，照式合上，用鸦片烟黏住；又用些鸦片烟糊在夏布上，一层层地把这支烂枪缠住，送到一家认识的烟馆里，公诸同好。不到两个月，那枪的味儿又复了原，因此烂杆子的声名大震。

原来老枪的好处，就在里边的烟油弥满。这种烟油，是积日累月积起来的，非得吃热了，不能有一股清凉香润的味儿。烂杆子从前的好处，就在日日夜夜不断地有人吃，烟油不曾冷过，就不会凝结，就可以发生清凉香润的妙用。卫大少爷买了回去，无论他有多大的瘾，总之没有烟馆里大家争吃的那样忙。一闲下来，烟油冷了，非一连吃到三五十口不能复热，就不能够有清凉香润的味儿；所以这种考究，若不是长沙城里讲究吃鸦片的专门名家，不能体会得到的。

却说长沙城里，紫荆街福寿楼烟馆里，来了一个二十来岁的新主顾，他自己吃烟吃得不多，却是最喜欢请客；无论什么人，只要肯和他陪边（和吃烟人对面躺下，谓之陪边）信口说些故事，他总肯尽量供给。如此这般的三五日，所有天天到福寿楼的瘾客，没有一个不知道的。问起他的姓名，他说他复姓公孙，名叫宾之。

本来在烟馆里吃烟的人，在那瘾头过足的时候，最喜欢天南地北地乱讲；便是穷极无聊实在没话可说了，也可以造些谣言相添，并且可以造出他母亲如何如何偷和尚的谣言来，引起一班人的注意。这也算是人类出风头的一种，何况可以骗得到不要钱的烟吃？所以公孙宾之在福寿楼混了一个多月，已经听得许多的奇闻怪话。

这一天，公孙宾之正和一位名叫柳三阿公的对躺着，谈起看风水的事情来。柳三阿公道："风水的事情，宁可信其有，不可信其无。这里有一位常来的客，叫作罗满老官的，他的眼睛很好，很看过许多发家；又替这城里的唐家、陶家、曾家、左家主过葬，很平稳的。"说着，侧旁榻上有一个笑着答白道："你说罗满干净吗？（湘人群居，喜替人取绰号。其言干净者，即不干净之谓，反言以申明之也）他看风水何如，我可不知道，只有他来到此地吃烟，就真是乌龟吃大麦，糟蹋粮食！"

柳三阿公抬身看时，说话的原来是李五长子，便道："李五长子，你这话怎样说，难道他不配吃烟吗？"李五长子道："你只等他来了，留心看他吃一回烟，就晓得我的话说得不错。你要知道，我们吃烟是朝内吸的，他吃烟是朝外喷的，怎么够得上过瘾？"旁边又有一个人答白道："五长子莫吹牛皮，吹炸了，做不得皮箱、绷不得鼓，你又何曾够得上讲过瘾？"大家看时，这说话的名叫姚二棒槌；因为他生得矮胖，皮肤却白嫩；又叫作"脱壳的宋江"，本名叫作姚子蓁。

李五长子不服道："棒槌，你也不要吹，你就够得上讲过瘾了？"姚子蓁道："我自然够得上讲过瘾，并且够得上讲过足瘾。"李五长子道："你敢和我打赌，一口气吃二十盒子烟吗？"姚子蓁道："你这句话就外行得很，过瘾的烟，只要有一口好的就够了。兴致不来时、时候不到，莫说二十盒烟，你大胆讲二百盒、二千盒，也不中用。"李五长子道："怎么叫作兴致时候，我不懂。"

姚子蓁道："你自然是不懂的。我来告诉你，我们有真瘾的人，吃起烟来最要紧的是自己打火；自己打火是最能够收心的。因为烧老了，有焦气，有苦味；烧嫩了，有水气，有淡味。要吃口好烟，非得不老不嫩不可，这才清香中带有点甜味，才可以讲到点点心。所以我们打火，口里尽管乱说，心里是一毫不乱的。先吃几口点心的烟，做个引子，引得发了迷瘾，就是时候到了，就要好好地烧一口烟，一气吃进肚子里去；赶紧加吃一筒水烟，喝一口茶，慢慢地用力送到丹田。这一口烟就可以走遍周身，连指头尖上都走到了，这才算得过了足瘾！"

大家听得这话都说有理，李五长子心服口不服地又说道："你怎么知道烟走到了脚趾尖上呢？"姚子荾道："我将近要发迷瘾了，这一口烟吃下去，你只看我的脚指头就是。"说着，便把跷起的右脚向左脚上一敲，左脚上的破鞋子也掉了。撑起左脚来，踏在床沿上，把右脚跷起，搁在左膝上，那只大脚指头从破烂的袜子里伸了出来，挺长的指甲，粘着许多的足垢。

姚子荾烧好一口烟，上在斗门上，招呼卖水烟的人，在旁边等着，拿着枪对准了火，果然一口气都吃完了。一手挂着枪，一手摸着茶壶，又吸了一口水烟，嘴对嘴地就茶壶里吸了口茶，闭目停息地睡在那里。李五长子看他的大脚指头，果然微微地颤动，越颤越急。约有一盏茶时，那指头才不颤了。

姚子荾睁开眼睛道："这口烟真吃得舒服。"李五长子还痴痴地望着他的脚指头。姚子荾笑道："你这才佩服了吧！"李五长子摇头道："鸦片烟人人会吃，各人巧妙不同。"大家哄然说道："长子这句话说得好！"

正是人声嘈杂的当口，只听得跑堂的喊道："罗满爷许久不见了，这一晌到哪里发财去了啊？"公孙宾之留神看时，只见一个四十来岁的瘦子，高颧骨、钩鼻子，匆匆地走来，边走边说道："我哪有发财的运气，只怕去年就走完了。这一晌我赔钱都赔得不得了，发什么屁财！"说着一眼看见姚子荾，便走过去说道："棒槌，我算计你一定在这里的，我正要找你商量一桩事。"姚子荾微微地点了点头道："我说你也该来了，我简直等你等了一个月。"罗满老官坐下，叫堂倌又开了一盏灯，在姚子蓁对面躺下，唧唧咕咕地说了半天。

公孙宾之留心听时，一句也听不出，便叫堂倌买了几碟油饼，和柳三阿公吃着。只见罗满老官匆匆地吃了几口烟，催着姚子蓁一同去了。李五长子见他俩走了，冷笑了一声道："我不懂，罗满干净，本来是一个乡里二老官，为什么要跟着这个吃油炒饭的姚二棒槌，鬼头鬼脑地做事。"柳三阿公答道："你说罗满干净是个乡巴佬，那你就看错了人。他的计算，只怕比姚二棒槌还要厉害些呢！"

公孙宾之听得他们话里有话，看那时已是上灯时候，便道："是晚饭时候了，柳三爷、李五爷，我们同去吃小馆，好么？"李五长子谦逊道："时常叨扰你，心里如何安呢？"

柳三阿公道："不要酸文掉醋的，老老实实扰他一顿，省得我们回家又出来，两头只跑。"公孙宾之道："三爷的话有理，我们就去吧。"三人便一同出了福寿楼，走到辕门上一家馆子名叫"飞觞阁"的，找了间僻静的房子，饮酒谈心，暂且按下。

第十四章

巫蛊杀人案（二）

湖南和广西、贵州交界的地方，在元明时代，有许多苗族土司。及至前清康熙、乾隆两朝，改土归流，民苗杂处，久而久之，便没有什么大分别了。但是形式上的居处、衣服、饮食、交游、礼节，苗人的旧俗固然改变了许多，然而敬神信鬼和咒生诅死的事，是永远迷信着的，所以苗族的巫师，颇有些神奇的法术。

即如赶尸一事，南通广西的郴州道上，西通贵州的辰州道上，是常常可以看得见的。因为湖南人都抱有"出门求财"的观念，长毛乱后，河南的捻匪、新疆的回族人，又用了多年的兵，湘军足迹，无处不到，事平之后，做官、做生意的，流寓在外的极多。家乡人因亲友及，互相招致，互相投奔。出远门的远到新疆、甘肃，或者还要预备些盘缠；近的出门到贵州、云南、广西、广东，就只是一个包袱、一把伞，提起两只走路不要钱的脚，纷纷地就去了。

出门既然容易，自然出门的多了，得法的固是有人，可是流落在外、客死他乡的也就不少。在外省的同乡，遇见得多了，资助着棺殓葬埋；就有来不及拿不出的时候，于是就有一种人，专门以赶尸还乡为业，取极少的报酬，直送那死尸回到家里去。他怎样赶尸呢？比方有人客死了，同乡的没法资送，便请了赶尸的人来，讲好了盘缠；赶尸的人作起法来，那硬挺挺的死尸便一蹶劣爬起来，闭

117

目垂手，跟着他走。

那人在头里领着，敲着小锣，叫路上的人让道。夜晚到了客店，烧张钱纸，将死尸领到门角落里站着，吩咐道："住店了。"第二日起来，又烧钱纸，吩咐死尸道："上路了。"那死尸又跟着走动起来。无论是几千百里的路，或是三伏大热的天，那死尸行走几十天，并不发烂发臭。及至离死者家里不远，那人便专人去通知，赶紧预备衣衾棺木；死尸一走进门，即刻倒下，立时就溃烂发臭了。

赶尸赶得多的，可以赶得二三十个做一路走，这种法术，便是苗峒里巫师的传授。至于苗婆闹的玩意儿，除历来书本子上记载的蛊毒以外，最普通的又有一种自卫的小小法术。如果有人去调戏她，她心里不愿意时，只要手脚接触了她的身体，就登时肿痛起来，百药不效，非得去求那苗婆，给点草药不能治愈。所以辰沅、永靖一带地方的女人，乃至讨饭的妇人，多有学会这种法术的。

又有一种极恶毒的咒诅法，比方有人和苗婆发生了恋爱关系，后来却负心抛弃了。那苗婆绝望之后，便去到一个极僻静的处所，跪了下来请神念咒；披散头发，一寸寸拿刀剁了下来，那男子就得发狂不省人事。再毒些，剁了头发之后，并且将左手指头也一节一节地剁去；那男子就得自咬、自掐、撞头磕脑而死。

又有一种咒诅术，找一条极雄壮的狗，用链子锁了，穿麻衣、戴孝帽，天天对狗磕头，诉说冤苦，求狗爹爹替她报仇。七日之后，设下极讲究的饭菜，给那狗饱餐一顿，便烧起炭火来，慢慢地把那狗炙死。狗被火逼得乱叫乱跳，这人便不断地磕头诉冤；炙得那狗奄奄一息时，才把链子松了。据说，狗死之后，便去找定了那仇人，非制死了不可；并且有仇人一家，都被狗的鬼弄死了的。这也是苗峒里传出来的一种报怨的恶毒法子，虽然免不了是妖魔鬼怪的事，究竟也还可以平人心之不平呢！

却说长沙有一个开钓台的恶鸨，大家都叫她作易满太婆。在那时风气不曾开通的长沙，一班女人，很不容易出门，一班纨绔恶少，就更不容易有勾引苟合的机会。平常钓台上钓来的女人，无非是下等的烂污货，比妓女都不如的（彼时湖南妓女，颇重视留客住宿）。唯有易满太婆手段极高，能够引诱有身家的女人，出来做丑事；所以一班恶少，趋之若狂。名气一天大似一天，被一位古板绅士虞幼文老先生知道了，便亲自去拜访代理臬司的季白眉粮道："请访拿惩办。"

虞老先生是季白眉的前辈翰林，湖南的绅权，又是向来敬重的，这种伤风败俗的事更是季白眉所痛恨，立刻发下牌票拿人。凑巧季大少爷，正陪着一位中兴名臣南侯爷的侄少大人南为昭，在签押房的对面书房里谈话，看见签稿家人，拿着访闻公事进来用印；知道是拿办易满太婆，便和南为昭说了。谁知南为昭正是易满太婆的独一无二的上客，听了这信如何不心慌？即刻托辞出来，飞奔到易满太婆家里报信，又把易满太婆隐藏起来。及至臬台衙门的差，会同长沙府县的差来拿人时，扑了个空，只得把"易氏畏罪在逃"六个字复命。

这时季白眉已经接到许多绅士和同寅的信，一百多封，都是替易满太婆讲情的。恰好钦命的正任臬台到了，季白眉只得装个迷糊；宕了几天，回了粮道原任，就不管了。官场的事，拿起来就重，放下来就轻，新臬台既然不问，那易满太婆自然又会在社会上活跃起来。

有一天，南为昭在王泉山观音菩萨庙里，看见一位十八九岁的姑娘，生得非常之美。跟着一打听，原来是一位候补老爷的小姐，因为母亲病了，特来求神的。南为昭便要易满太婆替他设法，易满太婆感激南为昭入了骨髓，设了许多计策，总之不得进门；便在那小姐住的邻近，也租下一所公馆，装饰得非常阔绰；弄了个小孩儿，叫心腹人装作老妈子带着，天天在右邻左舍玩耍。居然被她踏进了候补老爷的门，渐渐地就借着教做针线为由，将那小姐骗了过来，拿迷药迷了，听凭南为昭戏弄。

及至那小姐醒过来，知道已经上当，因为不曾许配人家，就要求南为昭娶她回去。南为昭不肯，那小姐又甘心做小，南为昭也不肯，那小姐羞愤极了，回到家中，写了一张冤单，当晚就一索子吊死。次日，候补老爷发现了女儿缢死的事，拿了冤单，就去上抚台衙门，求抚台伸冤。

此时那位新臬台，已经升任到别省的藩台走了，季白眉又署理臬台，当面受了抚台一顿申斥。那抚台便传中军，带兵去拿易满太婆，亲自问了几句。因为南为昭对那小姐，自称为东方穆，易满太婆承认引诱小姐，却耐着拶子，不肯供出南为昭来。那抚台只得请了王命，立刻将易满太婆斩首示众，而南为昭居然漏网，这是前三年的事。

南为昭造下了这一个孽，每到热闹场中，忽然心头一静，便要受天良的谴责。每日夜深或清早，心头也要潮起这一回事了。一年多下来，就成了心病，精神恍惚，多疑多惧。有时自言自语，是个失心疯的样子。有人趁他清醒的时候，劝他学佛，他也希望佛天保佑，解释这一回的冤孽；便借住在北门外开佛寺里，天天跟着一班和尚念经拜佛。

又一年多下来，居然养好了这心病，忽然他的小儿子生了急病，上吐下泻，十分厉害。他的老婆何氏，慌得没主张，只得请他进城去。

他急急忙忙地走到城门口，从晴佳巷口过身。忽然心中一动，又见那巷里一家门首，火光熊熊，绕道进去一看，原来烧的是一堆纸钱。旁边另有一堆灰，尚有星星红火，在那烧过的纸纹上乱窜，似乎还有字迹在上面。趁火光看时，只见寸来大小五个字，是"淫棍东方穆"，上下文全瞧不清楚，登时吃一大惊。定神看那几家门牌，因为天色晚了，看不见，只有一家贴着张堂名条子，是"浦市关"三个字。

他还在那里踌躇，他的用人催着道："要关城了。"南为昭猛然省悟，匆匆进城，回到家中。何氏正和郎中先生讲小孩子的病势，他便也坐下来听。谈不到几句话，只听得里面闹将起来，他便和何氏奔了进去，只见小孩子跳身坐在床顶上，张开口哈哈大笑。

何氏上前问道："宝贝，你这是怎么了？"小孩子指着南为昭道："你这问他，为什么要因奸致死别人的闺女？"便又大笑连声道："我今日总算寻着了！"又抽抽咽咽地哭起来道："害得我好苦！"小孩子这么一闹，南为昭吓得呆了，何氏更慌了张，只有儿一声、肉一声地直哭，把个郎中先生吓得溜之乎也。

一家人正没做理会处，幸得他丈母何老太太，听得外孙病了来瞧。见了这个情形，连忙叫人快去请法师，一面对着小孩子念起"大慈大悲救苦救难观世音菩萨"来。那小孩儿听得念佛声音，居然闭目合掌，登时安静。何老太太便命人抱了下来，抚他睡下。

何氏见小孩子安静了，记起小孩儿的谵语来，便扭住南为昭大闹说："你这种禽兽！一定在外边造了活孽，所以害得我的儿子被鬼寻了。我只找你拼命！"这一闹，又闹得个人仰马翻。及至何老太太解劝开了，南为昭走到堂屋里坐下，噘起嘴巴，一声不响。

后来法师来了，敬神、收吓、退白虎，闹到天亮，小孩子果然清楚了，知道饿了，要吃东西。大家又忙着张罗了一回，因为耽搁了一夜没睡，都去歇息去了。

谁知南为昭的疯病又发了，并且发得一个与众不同。从前是自言自语，这回撬口不开；从前是斯斯文文，这回就动手动脚。本来他白瞪着眼坐了一夜，此时何老太太叫他去睡一会儿，他突然伸起手来，左右开弓似的，只管打自己的耳刮子。何老太太忙问道："你这是为了什么？"南为昭不答，啪啪地只顾打。何老太太便上前去攀住他的手，颤巍巍地喊道："你又疯了吗？"

这一声喊惊动了何氏，慌忙走来，帮着何老太太去攀南为昭的手，哪里攀得住？何氏急忙唤了人来，大家捉住南为昭，把两手捆了。看南为昭的脸时，已经打得青红紫肿，口角里流出血沫来，问他时，只是不答。歇了不多少时候，又闹起来，手动不了，便提起脚朝石磉柱连环乱踢。大家扯住时，两只大脚指头，已经碰断了，只得又把他的脚也捆起来，扛到床上放着，忙着去请郎中、请法师。

不多一会儿，南为昭踊身跌下地来，将脑袋在地上乱碰。大家救起时，已经碰得皮破血流，便又用一匹绸子，把他身子连床捆住。隔了些时，南为昭却将那舌尖嚼破，连血连肉喷了出来；急忙撬开他的口角，用竹筷子勒住，还咬得吱吱地响。一时郎中先生来了，说是鬼迷，不肯下药就走了。等到法师来看这情形，当然说是遇了凶神恶煞，非大大地禳解不行。

何氏只叫快禳解，登时设起坛来，"咚昌、咚昌、且古且古昌"的，在外边闹着。南为昭在里边似乎安静一点，眼睛放下来了，眼皮也合得拢了；只是还说不得话，只有哼哼韵儿，灌些神茶神水，居然会咽。到了夜里，说起话来了；因为舌尖短了些，说得不甚清楚，慢慢地述起昨日进城，在晴家巷遇见的事。

当时毛骨悚然，及至回到家中，小孩子闹的时候，分明看见一个女人，披发吐舌坐在床顶上，以后就模模糊糊的。天亮时一阵冷风吹来，只见一个黑影子朝自己一扑，就身不由自主地闹起来；自打、自掷、自咬，当时觉得痛入心骨，却说不出来。

这分明是冤孽，我知道不好。那黑黑东西说着，转了口腔，说话说得很清楚了，道："是你这淫棍，也有被我寻到的日子。"便笑了一阵，又说道："易满太婆，你救救我的命哟！他实在长得好啊！"又道："大爷有钱，随便快活快活，见一个，讨一个，我家里没有许多房子住姨太太。"又道："哭什么，是舍不得我吧？今晚早些来，我教你玩许多花样。"说着，笑一阵，又哭一阵，又说一阵，全是些可解不可解的话，一闹就是一夜。

从此以后，白天迷迷地睡，一到晚上就胡言乱语地闹通晚。许多本家亲戚朋友，都知道南为昭被冤鬼找了。通城的郎中先生都请遍了，不敢下药；通城的法师也请教遍了，也是禁制禳解不了。如此闹了两个多月，南为昭拖得骨瘦如柴，奄奄一息。

有人说起湘阴有位黄老先生，医道极高，并不应诊，便人上托人地去请了来。黄老先生诊过之后，便道："这是鬼症，我照孙真人的千金方，下一帖药，看是如何，只怕难得挽救。"当下开了九臼箭头珠等几味，服了下去，果然晚上安静许多。次日，黄老先生复诊，说道："脉散无神，神仙也没有办法。"谢绝去了。

何氏又急起来，又有人说，长沙法师的头脑，是李炳荣，只有请他来一趟。只是他长久不肯替人家做法事了，便也人上托人地去请了来。李炳荣一进门，就说是有怨鬼，恐怕难得退送。南家的亲朋，极力地要求，李炳荣道："只怕要大费手脚，还是不中用，徒然教我栽一个筋斗。"南家的亲友便道："且做了再看，若是真不中用，绝不敢说先生的法术不灵。"李炳荣道："法术灵不灵的话，我却也不怕人说，也不在我的心上。我怕的是退送不了，倒惹得那怨鬼和我为难。也罢！我就替你们做一头看。"当下进去看了病人，口中念念有词的一阵。

南为昭登时清醒起来，说他浑身上下、五脏六腑，都像是寸骨

123

寸伤的痛。李炳荣画了一碗符水，给南为昭喝了，便到了大厅上设起一座七星坛。晚饭之后，李炳荣披散头发，穿一件皂布道袍，脚踏芒鞋，手捧令牌，缓步登坛，踏罡布斗。

此时厅上灯火辉煌，照耀如同白昼。李炳荣便在斗柄上盘膝坐下，守住南为昭的本命灯。守到三更时分，忽然一阵阴风，吹得满厅灯烛，青黯黯的全无光亮。那本命灯的火头，忽然变成青绿色，呼呼地高起来，摇摇不定。

李炳荣默诵真言，煞尾，高叱一声："敕令！"眨眼之间灯火全明，只有本命灯渐低渐小，阴阴欲绝。李炳荣口中念念有词，轻轻地把令牌一拍，只见一条黑影，从斗门第一星，直扑到第五星斗姆神位之前，这才停住。

众人看时，像是一团轻烟，比人影还要淡。李炳荣再三念咒，那黑影看看退到第四星，又退到第三星，又退到第二星。将近退出斗门，突然一阵旋风，全厅灯烛一齐吹灭，只有那本命灯有一线青光。猛听得一声爆炸，本命灯奄然灭了；又听得"扑通"一声，众人紧忙掌灯来看时，李炳荣倒在坛下，满面油血模糊。

众人刚要上前搀扶，李炳荣恰醒了转来，翻身爬起，便教撒坛送神。事毕，一面洗脸，一面对众人说道："怨鬼因为冤仇太深，不肯和解，喜得你们病人的寿元未绝，我再三恳求，已经答应了，过三年再来。谁知另外有人暗算你们的病人，平空洒来一阵血雨，把我打下斗坛，同时把本命灯打爆了。你们病人，最多可以活过明天，我却冤枉被他打掉了十年修养的道行。我一定要查出那暗算的人，和他理论。你们预备病人的后事吧！"说着，急忙忙地走了。

众人进去看南为昭时，一张青白色的瘦脸上，睁着圆鼓鼓的眼睛，仰天睡着，动也不动，很有些怕人。大家知道没了指望，只得商量他的后事，分途去了。何氏哭了一顿，何老太太劝住了，因为知道南为昭准死无疑，倒也放了心，连夜不曾合眼，觉得困上来了；喜得此时小儿子早已复原，便自去安睡，只吩咐两个底下人，守在病房里。

只有南为昭的奶娘老宋妈，把南为昭领到了二三十岁，比较地有些感情；而且平日吃了南家一口闲饭，也知道感激老东家的恩德，所以最不放心，悄悄地跑到病房里看了几次。

天明的时候，老宋妈又摸到病房里来。晓色冥蒙中，只见一个女人一晃过去，先进病房去了。赶上去看时，南为昭仍旧直挺挺地躺在床上，两个底下人，都靠着桌子睡了，鼾声震耳，并不见有什么女人。心中一惊，正在思索，只听得南为昭大叫起来，和杀猪时猪叫一般，把一家人都叫醒了。

大家拥进房来，只听得一片呻吟呼痛的声音，忽高忽低，忽缓忽急，惨不可言。看南为昭的脸和身上时，一条一块地现出青紫的批打掐咬的伤痕来，惨不可睹。是这么闹了一阵，才断了气，南为昭呜呼死了。

李炳荣出了南家，匆匆回到家去。他家里的人，说有个什么傅继祖来拜访，明日还要来的。李炳荣也不注意，只烧了些水，洗了个澡，诚心诚意地在祖师面前禀告了。问了一卦，卦上说："不许寻仇，只可丢开手。"李炳荣谢了祖师，闷闷地睡了。

次日清早，便有一个自称为关大雄的来拜访，李炳荣出来相见。原来那关大雄，是个眉清目秀、短小精悍的人，见面点了点头说道："我对你老哥不起！"李炳荣摸不着头脑，只得谦逊道："没有什么。"随即让坐。

关大雄也不客气，坐了下来，又道："不是我唐突老哥，你昨日替南为昭那个淫棍，向那小姐讲情，未免太不知道轻重了！要不是我真有点能耐，简直要害得那小姐堕落地狱两三年。老哥以后要施展法术，不可以不问明白底细，就胡乱地替阔人做奴才。昨夜的事，我只打掉你十年道行，还是怜念你是无心之过，此刻南为昭那淫棍，我已经贬他到阴山后背去了。南家如果再来找你，你只管使他们来找我，我在晴家巷等他们十天，十天之后，我可不能再耽搁了。"说罢，起身便去。

这一来，吓得李炳荣目定口呆，正要去打听南为昭死了没有，只见南家嘱托来请他的人，匆匆地走来说道："南为昭五更时候死了，死得很惨，遍身被鬼打得青红紫肿。南家又托我来问你，你可找着了那个暗算的人，找着了可有法子奈何他？如果你能够奈何他，南家愿意出许多的钱谢你。"

李炳荣叹口气道："我已经见着那个人，我可没能耐去奈何他。他现在住在北门外晴家巷里，他姓名叫作'关大雄'。南家要奈何他，只管自去，只是无论如何，不必牵涉到我身上。"来人诧异道："你为什么不管了呢？"李炳荣道："他的能耐比我大，我管不了。"来人道："那么南家又怎么奈何得他呢？"李炳荣道："你真麻烦，南家不会告他一状的吗？说关大雄巫蛊杀人。"来人听了，回到南家一说，南家果然照着李炳荣的话告到长沙县。

长沙县见是大绅士家里的事，先到南家验了验尸，随即亲自到晴家巷去提关大雄。进门搜时，只有一个二十来岁的女人在那里，以外没人，并且没有一点可疑的东西。差人喝问那女人道："关大雄在哪里？"那女人道："我便是关大雄，你们如果是为了南为昭的事来的，就请带我去见官就是。"

长沙县立在门外听了，颇为骇然，便走进屋里去问道："你为什么要害死南为昭？你是如何害死他的？"那人昂然说道："南为昭是

126

个淫棍！他仗着有钱有势，玷污了我恩人的名节，又害了我恩人的性命，我所以特地来替我恩人报仇。"长沙县又问道："你恩人是谁？你是哪里人？"那女人道："我恩人就是某小姐。我是古丈坪的一个苗子，寄居在浦市。大老爷若是再要问我，且到了你的大堂上再说，此刻不必再问。"长沙县便将她带回衙门去了。

第十五章

巫蛊杀人案（三）

西园里有一家绅士，名叫覃士明，曾经做过广东的南海县，大大地刮了许多地皮回来，并且带回来一个广东姨太太。覃士明的原配夫人，早已去世，大儿了学诗，中过一榜，四十岁上得了个半身不遂的病症，一径在家里守着田园。广东姨太太也生了个儿子，取名学礼，回长沙来时，才得十五岁。

学诗的儿子绳武，比学礼还要大一岁，叔侄俩便同一处读书。学礼因为骄纵惯了，看着书本子就头痛，所有顽皮的事，尽着他的聪明去做。绳武自小是受惯拘束的，所以一心都在书上，什么外事一点也不知道。

过了两年，叔侄俩同赴小考。学礼不曾终篇，犯规被帖，绳武居然中了一名秀才。相形之下，士明自然要责罚学礼一顿，却也明白是自己放纵了小儿子，便想重新地严加督率。

可是，学礼已经成了个散了笼头的马，一时突然受了羁勒，免不得装病逃学。姨太太又护在头里，替学礼撒谎，覃士明又只得装些马虎。学礼的胆子，渐渐地大起来，竟自在外嫖赌乌烟地乱闹。士明有点风闻，每夜去卧房查点，学礼总等查点过了，才溜出去。有时出去早了，姨太太就替他包瞒，说礼儿有些伤风头痛，刚才吃药睡了，不必去惊醒他。士明见床前摆有鞋子，也相信是学礼睡了。

由此学礼的胆子更大，居然成天成夜地不回来，并且交结了许多痞棍，到处寻事。

有一天，学礼和一班不三不四的人，在天然台酒席馆里闹酒。恰有士明小时同窗的朋友，又是绳武的祖岳彭又筬，也在那里请客。学礼吃得大醉，因为叫堂倌，来得慢了一点，拿起碗来就砸；堂倌低头躲过，那碗碰到屏门的玻璃上，将玻璃打穿了，掉到隔壁房里来。凑巧彭又筬正拿着旱烟袋，弯腰在地上，凑着烟蒂头嘬火，听得声响刚一抬头，碰在碗上，斫了一条口子，鲜血直流。同座的人全不答应，立刻查问是何人撒酒疯，学礼还破口大骂道："是老子！是覃学礼，你能拿我怎样？"大家知道是士明的儿子，听了这种无礼的话，都气极了，便叫带去的跟人，快快抓了过来。带着见他的父亲覃士明，倒要问问士明怎么不管教儿子，让他胡闹。

又筬拦住道："这倒可以不必，我们只去质问士明就是了。"学礼这才知道祸闯大了，吓得不敢作声。又筬已经被一班人拖着，纷纷地坐轿子到士明家里去。及至学礼想要赶上前回家，已经来不及了，便躲到一家私娼屋里藏着。

又筬一班人到了覃家，已是二更以后。士明正在那里过瘾，听得许多老朋友，一齐到来，不知何事，连忙出来。见又筬用手巾包着头，透着血迹出来，便问是怎么样了。便有一位名叫张辛伯的，最是性情刚正、心直口快，抢着把天然台一回事说了，便道："士明，你也应该管教管教世兄才是。"

士明诧异道："恐怕不是学礼吧？他今天头痛，早就吃药睡了，如何会到外边去闯祸？"张辛伯冷笑道："然则我们这一班人，都是特意来冤枉你家世兄的？我们便算是声音没有听准，难道眼睛也发了花不成？"又筬便道："士明，我也很希望不是你家学礼干的事。你既然说他有病睡了，何不叫他出来一趟，洗清这一回事。"士明

129

道："正该如此！"便匆匆地往里跑。

此时姨太太已经得了信，正在那里发急。一见士明进来，要叫学礼出去，只急得神魂颠倒，拼命拦住道："礼儿睡了一会儿，才好一点，他万不能出去冒风。"士明怒道："我的脸皮已经被张辛伯剥得不像样了，学礼若不出去，我在长沙城里如何做得起人？尽管叫他冒风，我明天请郎中给他诊治就是。"说着就用力甩开姨太太，望学礼的床前直奔，口里喊道："礼儿，你快起来！"

姨太太又追上来，一把拉住士明一拖，士明正待揭帐子，不妨姨太太一拖，仆地倒了。姨太太站不住，也倒了。两个在地下扭着滚了一会儿，士明才挣扎得起来，气喘吁吁地撩开帐子一看，只见被头里盖着几件衣裳，哪里有人呢？登时大怒，指着姨太太骂道："你这贱骨头！一晌瞒得我好，将来纵容得礼儿杀人放火，你后悔也迟了！"姨太太此时也挣扎起来了，听得士明是这么骂，大哭起来道："我也是恐怕老爷生气哩！"士明跳脚大骂道："你还要是这么讲。你怕气了我，你简直要气死我！"

此时上房里哭骂之声大作，张辛伯忍耐不住，便叫覃家的底下人来问。底下人不敢隐瞒，照直说了，张辛伯冷笑道："你们看士明何等糊涂！他儿子尽在外边闯祸，他还要替他包瞒，以为我们老朋友是冤枉他儿子来的。而今看他怎样出来见我们？"又篯便道："既已讲明白了，可以走了。"张辛伯不肯道："我们今天不敲下士明的牙齿来，明天他儿子回来，就要被他赖得一干二净。明天还说我们一班老头子，做这样无聊的事。你只看他刚才说的话，何等厉害？俨然我们大伙冤枉他儿子来了。"便叫覃家的底下人："快去请老爷带了二少爷出来，我们见个明白就走。"底下人只得上去说了。

士明没奈何，只得老着脸皮出来，对又篯赔礼道："恕我昏聩，我实在被小妾瞒在鼓里，明儿我带着小犬上门请罪。"众人见他如

130

此，也就散了。士明气到天明，还不见学礼回来，便着人出外寻找。哪里找得着呢？一连找了三天，学礼没有下落。

姨太太儿天儿地地哭起来了，说是又篯一班人，把他的儿子吓得不知是上了吊呢，还是投了江？而今尸骨都不见了。起头呢，士明还是发怒，禁不得姨太太尽管是这么哭，哭得士明心肠软了，倒怜念起学礼来。如是又过了十来天，士明也急起来了。这时候学礼身边带出去的钱，也用光了，一班痞棍替他出主意，教学礼写信问他生母要钱。

本来姨太太由广东带了一个体己老妈子来，本是个寮头婆，因为犯了案子，穷了又老了，没处生发，所以才做了用人。学礼写了张条子，由痞棍替他送去。那痞棍是个浮躁鬼，既不敢堂而皇之地送到门房，又不曾问明白那寮头婆的相貌。一到覃家门口，没法投递，想回去问明白，又怕同辈的人笑他，只得在门口来回地转。好容易等得一个老妈子出来，以为就是寮头婆了，便上前交给她，只说一句："这是你们二少爷送给姨太太的信，立刻要回信的。"谁知那老妈子，是学诗用的人，把条子拿进来，先交给学诗看。

学诗看了便道："老二如此胡闹，要是再放纵下去，就真不可救药了！"立刻叫绳武把那张条子呈给士明。士明知道了学礼的下落，又知道送信的痞棍，还在门口等钱，便叫了几个底下人，悄悄地跟着接条子的老妈出去。那痞棍以为拿钱给他来了，凑上来问时，这几个底下人拥出来，把痞棍拿住，来见士明。

士明追问学礼的住处，那痞棍还不肯说。士明便请了保甲局的委员来，带去捶了四百板屁股，押着到土娼家里，搜出学礼来。那些痞棍和土娼，保甲局自去办理，士明一见学礼，免不得打了一顿，带到彭又篯家里磕头赔礼，回来便关在书房里，不许再出去。这样一来，士明的糊涂、学礼的顽劣，声名传遍了长沙城。

士明不怪自己，却把张辛伯恨入骨髓；学礼更不怨自己，却恨了彭又篯，以为这老头儿的头，怎么那样不经打磕，轻轻的一只碗就砸破了。若不是那一点硬伤，众人便不会起劲，他父亲也不会被逼，自己更不会挨打了。从此心心念念要害彭又篯。而姨太太的心理，又是不同，却恨极学诗父子；一来又篯是绳武的祖岳，二来学礼写回来的条子，是学诗的老妈子闹得冲了天的（湘谚"冲天"即"闹穿"之谓）。

他母子俩，背地里商量害又篯，有些难得做到，不如等他孙女过了门，害他的孙女。学诗是废人，让他慢慢地活着受罪，专一害掉绳武，就够他受得了！并且这一份家产，可以整个拿了过来。母子们志同道合的，设下机谋，自去进行。

绳武二十岁了，学诗很想早点抱孙，便禀明了士明，给绳武成亲。姨太太便也絮聒着士明，说是要替学礼收心，只有赶快给他收个媳妇。士明也以为然，只是长沙城里，都知道覃二少爷的大名，谁也不敢领教。士明不得已，远远地在湖北，找着一个在广东时候的同寅严智庵，对了亲家。因为智庵新近受了北洋大臣的聘，约着明年办喜事，学礼就有些等不得，仍旧偷偷摸摸地出外乱嫖。

如此过了半年，彭家的孙小姐，就是绳武的老婆，有了身孕，学诗说不尽的欢喜。不料绳武却得了一个吐血之症，绳武身体本来弱，医生来看，总说是痨病，一派滋阴清肺的药，吃得一塌糊涂。岂知溢血的症候，不是胃络受伤，就是脾络受伤，与肺是全不相干的。专一吃的甘寒药品，无病的肺气，固然受伐，有病的脾阳，更受铲削。平日血被甘寒的药凝住了，一时原可以不吐，及至脾阳，被铲削尽了，摄不住血，一发就不可收拾了。

两三个月下来，绳武果然大吐其暴血，成块的瘀血吐尽了，那鲜血一口一口地涌上来，吐个不住。于是一家人慌了，那班庸医，

132

还不是仍旧用许多生地、麦冬一类凝滞之品，当然凝他不住。失血太多，肝不藏魂，就免不得有些谵语，大家就说是有了鬼了，拜斗立禁，无所不为，还要冲起傩来。

绳武已经烦躁得了不得，又被冲傩的大锣大鼓一震，登时狂血上涌，口里来不及吐，鼻孔里也潮一般流出来。呛了几声，咽喉哽住，一口气不来，就此永别了。大家乱了一阵，把尸首抬放地上，撤去床铺，只见褥子当中掉出一个纸包来。

绳武的一个妹妹，拾起看时，纸包里面是一个纸人，五心都用针刺着，口角边画上两条红颜色，作为流血的样子，背后写了绳武的生辰八字。这一来，又闹得个烟雾腾天，一班人的视线，都集在姨太太身上，因为广东本来有这种魔魔术的。绳武的母亲抱着尸首，哭着叫儿子，要他显神报仇。

姨太太搁不住大家闲言冷语不断地挤，便大闹起来，说是孙少奶奶谋死亲夫。随即在孙少奶奶陪嫁来的箱子里，搜出个木雕的瘟神来，并且还有一张黄纸。上写的疏文大意是："信女彭氏，因为丈夫覃绳武年轻，恐怕在外边拈花惹草，求神道大显威灵，使丈夫一心一意地在家里。"还有许多不可解的话。孙少奶奶听了，并不知道这些东西是哪里来的，只急得要寻死。

姨太太得意极了，逢人遍告；又说是孙少奶奶，每到更深人静，常常地点烛烧香敬神，原来就是这个玩意儿。学诗夫妇明知道是有人暗算，主张彻底追究。

士明恨张辛伯不过，因为辛伯和又篯是生死至交，又篯的孙女从小没了母亲，便拜了辛伯的媳妇做寄妈，在辛伯家里抚养到十三岁才回去。辛伯最痛爱她的，所以士明想要借此伤伤辛伯的心。当下便请了又篯来，把孙女带回去，不要又闹出一条人命来。

又篯虽然心气和平，可是泥人儿也有点土性子，当然不答应，说道："这关系太大，不要说你的孙媳妇，不能有谋杀亲夫的罪名；便是我的孙女儿，也当不起这谋杀亲夫的诬蔑！我和你说不清楚，我们到公堂上去讲吧！"两老亲家说翻了，士明一时脂油蒙了心，居然到长沙县告下状来，说孙媳妇巫蛊杀人，谋死亲夫了。不到两天，就激起了长沙大小绅士的大反动。

第十六章

黑山鬼母的来历

傅继祖因为谭延寿和公孙宾之闹了意见，打算独自侦查，便去会李炳荣。谁知李炳荣一早出去了，只留下一句话，闷闷地顺着路走去。离公孙宾之的家不远了，便去看他。

公孙宾之笑嘻嘻地迎出来道："我得了点线索了。昨日我从你家里出来，偶然撞见一个吃鸦片烟的朋友，他邀我同到福寿楼去吃烟。我那时心里发烦，正要辞了不去；转念一想，烟馆里的情形，倒不曾仔仔细细地调查过，便同他去了。我在那烟榻上躺了将近四个钟头，听了许多奇谈，并且知道罗满老官和姚子蓁一班人，常常地在那里过瘾。我那朋友说，罗满老官的别号，叫作'罗满干净'，姚子蓁的别号叫作'姚二棒槌'，至于彭礼和，他就不知道。后来问堂倌，居然记起来了，说是三四月间霉天里，罗满老官曾经带一个姓彭的人，来过三五趟，后来一直不见来了。我因为在那烟馆里的资格太浅，而今预备每天去用吊把钱（吊把钱即一千来钱），捐些资格，才好打听一切的事。"

傅继祖喜道："请你专去侦探罗、姚两个，但是我总要问问李炳荣，才有个计算，可是今天不曾会见，我还想去会会易福奎和胡汉升。"公孙宾之道："这么说时，我二人一同出去，分途进击便了。"说着，披上一件马褂，一同出来。刚出街口，只见谭延寿兴匆匆地走来，傅继祖便喊了一声。谭延寿停住脚道："我正打听了一桩事，要来告诉你。"瞥眼看见公孙宾之在旁边，便不言语了。公孙宾之知道谭延寿的意思，便道："我有要紧事，先走了。再见，再见！"自去了。

傅继祖便邀了谭延寿，同到半江楼茶馆里来，寻个偏僻的座头坐下，吃了一开茶。谭延寿便说是奉了夫人的差遣，调查东茅巷集云坛。今儿一早，便去龙喜杨的房子外边，相了一相，记得那房子是从前的大绅士王蕙阶的产业，蕙阶的孙子，正有出卖那房子的话，曾经有个做中的皮小鬼说过。

当下找着了皮小鬼，到王家找了个引看的底下人，同到龙喜杨那所房子里，尽量看了一顿，果然和柳夫人所说，不差什么。随即邀那底下人和皮小鬼，同到一家小酒店里，借着商量房价为由，谈到交庄的手续上。便问那底下人道："现在的租客是谁？"那底下人道："就是那有名的法师易福奎，替他的亲戚杨得中租的。据说也是一个法师，向来在南边乡里做法事，因为易福奎的生意忙得很，所以约了来帮忙。"

皮小鬼插嘴道："是易福奎么？他的事我全知道。我曾经同他合住过一个屋子，他近来狠发财，就是会放鬼。他若是生意清淡了，就把他平日养在家里的鬼，放些出去，他又自己去收回来，所以一班人都说他的法很灵。其实说穿了，不值一文钱呢！"谭延寿便道："万一他放出去的鬼，被别的法师制住了，他岂不是鬼财两空了吗？"皮小鬼道："你老人家真是实心眼的人！长沙城里有几个真会制鬼的？会制鬼的，谁又不是会（指哥老会而言）上的人，如何肯打破自己弟兄们的饭碗？"

谭延寿道："他的本领，当真能够使得鬼动么？"皮小鬼道："这却有几种分别。我母舅是湖南湖北三十年前有名的法师，我曾经听他说过，江湖上的玩意儿多得很！有练五鬼搬运法的，能够把别人藏在箱柜里的银钱、衣服运走；有练樟柳神的，能够替他打听别人的秘密事情，他好去讹诈；有练金蚕的，拿金蚕的屎毒杀了人，那遭毒的鬼，自然而然地把自己的家产搬去孝敬他，所以常常有养许多鬼在家里的，不足为奇！"

谭延寿道："像易福奎所养的鬼，是属于哪一种呢？"皮小鬼道：

"这可不知道，大约总是些孤魂野鬼，被他收留了，所以专听他的指使。"谭延寿道："孤魂野鬼，怎会被他收住呢?"

那底下人道："这个我亲眼见过。我们河西乡里，有个季法师，是学黑山法的，就住在我们后山。我十六岁那年，我记得是七月半间，大家吃过了烧包饭（湘人中元祀祖，将纸钱放入大封套内焚之，谓之烧包；招亲友食祭余，谓之吃烧包饭），在晒禾场上乘凉。半夜后，月亮十分光明，露水霏霏地沾到赤膊上，觉得有些寒冷。一班人都去睡觉去了，唯有我想要捉萤火虫，拿了蒲扇，走到田塍边去。只见后山坳里，一点一点的绿火，闪了过去，很像是一大群的萤火虫，在那里飞。我连忙赶过去时，那绿火又在前面，再赶过去，走上山顶，只见季法师门前，层层叠叠的绿火绕着。月光之下只见季法师走出门来，不知怎样使了一回法，那绿火纷纷地四面散开。有的钻进仆在田里的乱禾丛里不见了；有的隐到树林草根里去了，只有三两星绿火，跟着季法师进门，就听得季法师关门下闩的声音。我当时也是莫名其妙，后来有人告诉我，这就是法师收鬼。收了鬼，时常放出去找人，法师就好借着捉鬼赚钱。"

谭延寿问道："怎么叫作黑山教?"

那底下人道："我曾经听得老年人说，黑山教是贵州来的，最能够驱使鬼；并且能够呼风唤雨，撒豆成兵。起先我还不十分相信，前几年我出门回家，季法师已经死了，却有一个女儿，很会兴妖作怪的，我们乡里年纪轻的人，差不多都被她玩了。她比狐狸精还要会寻人，大家都喊她做母鬼。我们团保上的绅董老爷，会了几回议，才把她撵走了，不许在本境居住。

"我曾经会过她一次，就是季法师收鬼的第二年夏天里，那母鬼才二十岁哪。这天下午，她跑到我家里来，和我母亲借花线。在碓屋里看见我，对我笑了一笑，叫我到她家里去坐，我随便答应了一声。到了晚上，我也不记得了，偶然失了一个柴扒，我到后山去寻。只见她站在她门前塘基上，对我一招手，我身不由自主地随她的手就过去了。也不知怎样下的山，也不知怎样过的塘，腾云驾雾一般，眨眨眼就到了她面前。她笑嘻嘻地抓了我的手，刚又走到屋里去，她父亲季法师远远地回来了。她慌忙在我背上推了一掌，我又迷迷糊糊的，仍旧回到后山上；踩着块石头一滑，惊了一下，人才清醒了。不多几天，我就跟着我们东家，到新疆做红茶生意去了。在新疆听得同乡人告诉我，那母鬼这一手，就是黑山教的招生魂法子，你说可怕不可怕？"

谭延寿述了这一段话，傅继祖道："你打听来的很有参考的价值。这个易福奎和杨得中，我们也得注意他，就由你负侦探的完全责任吧。"

第十七章

三件巫蛊案的结束

南为昭的案子，出得最先，那长沙县太爷，拿到了关大雄，当夜便提到内花厅里去问。关大雄道："大老爷要我供什么，我都可以照直供来。只是大老爷不坐大堂，不当着许多人面前，我无论如何是不供的！"县太爷气上来，吩咐掌嘴，关大雄冷笑了一声道："大老爷要替南为昭顾恤死后的声名，我可不能受这刑罚。"说时迟，那掌刑的差人，刚到关大雄面前，连连吆喝她快供时，那关大雄忽然不见了。可把个县太爷呆住了。

一班值堂的差人都慌了，乱着找了一夜，哪里还有关大雄的影子？县太爷便和刑名老夫子商量，只得暂时把实在情形瞒住，签派得力的差人，严密地寻捕。一个多月下来，简直是石沉大海，渺无消息，覃士明告孙媳妇谋死亲夫的案子，又发生了。县太爷明知这案子难问，因为两边都关碍着有势力的绅士，只得用担迟不担错的老法子，拖延一下。

第二天，彭又筱也来告覃士明的诬告，牵涉到广东姨太太和学礼身上。再过一天，学诗的许多同年、绳武的许多同案，齐集在府学宫的明伦堂，公议联名通呈抚、藩、臬、学、道、府、县，请秉公审问，实究虚坐。

这么一闹起来，一班人的议论，没有不说覃士明是个糊涂蛋，

139

吃了他姨太太的屁，拿自己的家声和祖宗的脸面，一概不要，硬说自己的孙媳妇谋死亲夫，真是千古奇谈！却是覃士明，专听了姨太太一饷浸润的话，只想借此糟蹋彭又篯，替学礼出气。天天和姨太太讲的，全是坐在马桶上叽叽喳喳的臭话，外边的笑骂，他一句也听不着；还得意扬扬的，也不想案子如何结局。自以为告了这一状，就算万事都已完结了。

此时最着急的，就是学诗夫妇，一边关碍着父亲，一边关碍着怀孕的寡媳妇，没奈何，只得托人出来调停。彭又篯倒也肯放手了，无奈覃士明总总地说不通，以为调停的人，是彭又篯吓虚了心，特地去找来的，倒向长沙县递了催呈。县太爷没法，只得禀明了抚、藩、臬三人宪，请示办理。

臬台正是季白眉，颇有点清正的声名，抚台便叫臬台将这一案提到司里，派首府两县会审。这一天哄动了长沙城，臬台衙门边人山人海，都要看审这一案。

长沙府先问了覃士明，士明咬定了是孙媳妇谋害了绳武，证据就是姨太太亲眼看见孙媳妇半夜敬神和姨太太亲手从孙媳妇箱子里搜出的木雕瘟神。再传姨太太一问，姨太太可就松了口劲了。对于搜箱子，说是一时地疑心，恐怕有东西藏着，不料果然；至于半夜里孙少奶奶烧香敬神，却没有亲眼见过，都是那广东老妈子看见了对她说的。又问广东老妈子，更不对了。说是孙少奶奶半夜敬神，是姨太太看见告诉她的。又传学诗夫妇，学诗不能来，学诗的夫人，只替学诗当堂递了一个亲供，只说明自己并不疑心媳妇。

再传彭孙小姐，却扶着一个老妈子走上堂来，侃侃地说道："丈夫吐血，渐渐病重，有历来的医方可凭。褥子底下的纸人和箱子里的木人，自己全不知道。我和丈夫何冤何仇，何至下此毒手？而今祖翁污蔑我谋死丈夫，我并不求生，只求堂上替我追究出诬陷的人来，洗清我的恶名，我便死也瞑目。"说着突然从袖子里拿出一把剪刀来，对喉咙直刺。

扶她的老妈子赶紧抢救时，已来不及，剪刀正戳在喉结偏左的地方，戳进去寸来深。被老妈子的手一格，剪子掉了下来，创口鲜血直喷，顷刻变了个血人，登时昏倒。登时堂下看的人都哄了起来，首府立刻命人找伤科来治，臬司知道了，赶紧送出铁扇散来。无奈血如泉涌，封不住口，找了三五个伤科，来都束手无策。

学诗的夫人，此时也顾不得什么，跑上堂抱住大哭。彭又箧急得眼泪直流，看看那彭孙小姐的面皮变了铁青色，已经是出气多进气少了，彭又箧含泪向堂上打拱说道："小孙女的节义，有此一死，可以自明，只是这奇冤极枉，公祖们不能不替她昭雪。"于是，一班在明伦堂会议的举人、秀才，都上堂来，请求严究覃士明，以平公愤。

首府也没了主意，正在为难的时候，忽然从人丛中间挤出一个年轻女子来，飞步上堂，到公案前跪下说道："小女子能够治这个伤，只求大老爷吩咐闲杂人退下去。"首府被许多人包围，本来无计可施，借此叫一班举人、秀才退下，便叫那女子治伤。

那女子走到彭孙小姐面前，先看了看伤口，说道："幸喜，不曾戳穿气管食道。"便讨了一杯水，用右手三个指头，撮起一撮水来，向创口一塞；随着揉了一会儿，登时皮肉如旧。用左手的食指揿开牙关，撮了三五撮水灌下去，彭孙小姐立刻立了起来，看的人欢声雷动。

首府这才放了心，便叫彭又箧上来说道："令孙女的冤枉我已明白，你且带回去养息，我自有道理。"彭又箧谢了，又谢了那女子，带着孙女儿，从人丛中大踏步走出来。看的人连忙让路，啧啧称赞不已！

首府又叫那女子上来，说道："今天亏你救了烈妇一命，回头你到我衙门去领赏。"那女子道："小女子叫关大雄，回头要跟长沙县太爷去到案，不敢领赏。"长沙县太爷，在关大雄治伤时候，已经认明白了，一时不便开口。此时听得关大雄如此说，便立起身对首府说道："这关大雄在卑县是有案未了。"首府道："既是如此，关大雄，你且在一边等候。"便传了覃士明上来，首府便道："你说你的孙媳妇半夜敬神，是你的妾亲眼见的；箱子里搜出来的木人，你的妾是如何知道的呢？"

士明道："据小妾说也是亲眼见孙媳妇藏的。"首府道："好，你便画供，站在旁边，不必下去。"又传了姨太太上来问道："你说孙少奶奶半夜敬神，是广东老妈子看见对你说的，箱子里搜出木人，是你一时地疑心，是吗？"姨太太道："是的。"首府道："你画了供，也站在一边。"又传广东老妈子上来，首府道："你说孙少奶奶夜半敬神，是姨太太告诉你的。那箱子里搜出木人来，是哪个主张要搜的？"广东老妈子道："是姨太太的主意，我还劝她省点事呢！"首府道："好！你也画供。"广东老妈子画过供，首府便叫覃士明、姨太太同上前来，教刑房书办把供词念给他们听，问他三个人的话，怎么情形各别。

覃士明没得话可说，姨太太便骂老妈子道："你这老不死的鬼，怎么都推在我身上？分明都是你出的主意。"老妈子不服道："姨太太不要这样说，你不吩咐我做，我难道吃饱了饭，没得事做了，要来害人么？"首府便把惊堂木一拍，指着老妈子大骂道："你在人家帮工，害了孙少爷不算，还要害孙少奶奶，真是情理难容！我待打死你，又可怜你年纪老了，你好好地把你替姨太太做的事，老实说出来，我便饶了你。"

那寮头婆被这一吓，便一五一十地说道："自从那一天，二少爷

142

在酒席馆里甩碗，打破了彭大老爷的头……"首府问道："哪个彭大老爷？"寮头婆道："就是孙少奶奶娘家的公公。那彭大老爷，带许多人来找老爷说话，姨太太受了许多埋怨，二少爷的声名也不好听。姨太太恨极了，要报这一个仇，却没有法子能够害得彭大老爷。姨太太就和二少爷商量，且等孙少奶奶进了门，暗暗地害掉她，并且连孙少爷都害了。不但报了仇，就连家产都谋到手了！

"但是怎么样一个害法呢？姨太太知道我会画和合水（夫妇不和，请人画符于水中，饮之则和，谓之和合水），便问有法子，使他们夫妇不和不能？我说只有魇禁丈夫的法子，却是要妻子本人做了才灵。姨太太便说等孙少爷成了家再说。后来见孙少奶奶和孙少爷十分和好，姨太太便逼着我用魇禁的法子。我只得供起祖师菩萨，就是搜出来的木人，另外雕了一个木人，埋在茅房的粪缸边，却是一点灵验也没有。

"二少爷急了，不知从哪里弄了些药来，说是吃了下去，一定要吐血身亡的；而且发作得快，死了一点也验不出，身体弱的人更是发作得快，不知如何给孙少爷吃了。果然不到一个月，孙少爷就咳嗽吐血起来。及至孙少爷临死的那几天，姨太太又想害孙少奶奶，这才铰了一个纸人，教我趁着大家在病房里守夜的时候，暗暗地塞在被褥底下。至于祖师菩萨的法身，如何得到孙少奶奶箱子里，我可不知道。"

首府道："那张疏稿子，是哪里来的？"寮头婆道："那是二少爷弄来的。"首府叫她画了供，带去下在牢里。一面命人分头去捉学礼，并起出那茅房里的木人来；一面对覃士明冷笑道："你这可听明白了？"士明此时只恨没个地缝可钻，只得跪下来，连连碰头道："治晚该死，求公祖重办！"首府便叫人扶他下去，押起来。

这才问姨太太道："老妈子的供你全听见了，你有什么话说？"

姨太太哭着赖道:"这是老妈子平日恨我,冤枉我的!"首府道:"她是你从广东带来的,她为什么要冤枉你?况且你怎么会知道孙少奶奶箱子里有木头人?这分明是你埋赃诈害!你若不直说,我可要动刑了。"姨太太还是支吾着不肯招。

此时学礼已经拿到了,首府便叫人带姨太太下去,厉声诘问学礼:"为什么母子主仆,商量害人?你母亲已经招了,你有什么话可讲?"学礼被这一冒,只得照实供了,和寮头婆所说一样;又供说那药是用重价,从一个游学秀才姚子蓁那里买来的,疏稿子也是姚子蓁代写的。首府叫他画了供,叫姨太太上来质对。

姨太太没得抵赖,只得供了起意谋害绳武夫妇是实,那木人是趁空放进孙少奶奶箱里去的。此时天已不早,首府便叫退堂。一时看的人,也有笑的,也有骂的,也有叹息的,但是都心满意足地散了。

退堂之后,首府和长沙、善化二县,把案情禀明了臬司季白眉,又商量了一会儿,长沙县才把关大雄神出鬼没的行为说了,请示办法。季白眉便道:"她今日既然有到案的说法,贵县明天就依她的要求,在大堂上开审,看她如何供法,再作道理。"长沙县领命出来,把关大雄带回衙去,交官媒婆好好招扶,当夜传了原告,次早,便在大堂上开审起来。

关大雄供道:"我本是古丈坪的苗子,我父亲是有名的鬼师(苗峒中专管祀鬼者)。后来辰州的排客,闻名请我父亲到泸溪去押排,所以把家眷寄居在浦市。十年前,有两班排古老(即编排及撑排人称),因为争包运脚,打起架来,出了十几条人命。当地素来靠押排吃饭的法师,诬赖我父亲是主使的人,下在泸溪县牢里,足足关了四年。直到某大老爷任上,才辨明冤任,放我父亲出来。

"我父亲非常感激,把我送进衙门去当丫头。某大老爷一定不肯收，留我住了几天，赏我些东西，仍旧送我回家。我那时才十四岁，他家小姐正是十二三岁，待我很好，简直同亲姊妹一样。我父女二人，这五六年来，没有一刻时辰，忘记某大老爷的恩典，每次押排下来，我父亲总带我到省里替某大老爷请安。

"今年我父亲因为家里有事，回古丈坪去料理，忽然记挂起某大老爷来，本来有两年多没下来了，因为自己不能分身，就叫我进省一趟。谁知我一到某大老爷家里，不见小姐了，我问太太时，太太只对我哭不肯说；我问旁人，都不肯说，只说是已经死了。我觉得诧异，留心一打听，原来就是南为昭那畜生，坏了我那小姐的名节，我那小姐因此吊死了。

"某大老爷虽然已经知道是南为昭做的，不是什么东方穆，却因为南家的势力很大，又没有凭据，易满太婆又死了，更没有对证，只得忍气吞声地罢休。所以我十分气愤，特地出来打这么一个抱不平。本来我可以一径去到南家，把南为昭碎尸万段，我转念一想，未免太便宜了他；我杀他的全家吧，犯罪的又只有南为昭一个人，不应该牵扯到别人身上去。我所以才用咒诅法，慢慢地把南为昭治死，等他受许多的痛苦。

"而今我替某小姐报了仇了，我的气也平了，要杀要剐，听凭你怎么办，由我一身承当。我所以一定要你坐大堂问我，就是要使得今天听审的人都知道，南为昭那畜生，实在是死有余辜，你不要改我的口供，替他们绅士人家隐瞒这种仗势欺人的恶事。我的话就是这几句，你也不必再问。"长沙县只得照录口供，详请臬台办理。

这两案都到了臬台衙门里，可把季白眉为了难了。覃家的案，非办士明和学礼不可！可是严智庵求了北洋大臣，一个电报给湖南抚台，说是："听得覃士明父子被冤下狱，务必慎重办理。"大帽子压下来了。若不办士明和学礼吧，本城的绅士帮，决不能够答应。

145

要替士明开脱，非得开脱姨太太不可；要开脱姨太太，只得把所有的罪，完全做到广东老妈子身上，公事才交代得过去。但是举人、秀才们的起哄，和彭又筴的请求反坐，总总碍手得很。再三算计，只有学诗可以出头来疏通，便派人去问学诗，可要办士明和姨太太。

学诗此时已经在那里要想法子保全父亲，而今当着人，自然不能够说除开父亲，专办姨太太的话，只得担任疏通。后来疏通妥帖了，马马虎虎把广东老妈子办了一个充军，同时开脱学礼，只专推在姚子蓁身上。此时已把姚子蓁拿来，定了一个监禁的罪，算是结束了。

南家的案，虽然只有南家一面有势力，只是怕关大雄又溜跑了，不能不拿点良心出来判断。却把易满太婆的心腹人拿到了，问明引诱某小姐的口供之后，季白眉便叫大少爷去劝南为昭的兄弟道："如果要办关大雄的死罪，免不了叨登得死者的罪恶出来；若不一定要办关大雄的死罪，叫她坐牢底，倒是干净的办法。"南家商量一会儿便答应了，这才把关大雄定了一个绞监候。

季白眉拿出全副精神，闹了许多时候，刚弄清楚，发回长沙县去办。县太爷算是吐匀了一口气，可是受了个少的申斥了，谁知接着又是程景明来告状。

县太爷因为又是绅士帮里的事，怕闹大了，又碰上司的钉子，赶紧派人去通知祖洛，一面去拜会洪盐商和归老师，探探口气。洪、归都说："且等祖洛上城来再说。"及至祖洛上了城，又病倒了几天，这才由祖洛请了洪归两亲家，仔细研究了一会儿。算是归老师明白，大骂景明胡闹，勒令把案子呈请注销；只将傅妈和大少奶奶用的一个尖嘴老妈子，送到县里，每人打了几百嘴巴完案。

可是归老师因为长沙城里的巫风太盛了，便约了虞幼文、彭又筴、张辛伯一班人，恭请抚台严行拿办。这一个雷劈了下来，便把李炳荣、胡汉升、易福奎一班人都吓得远走高飞。季白眉便也想起覃绳武，是冲傩的锣鼓震得吐狂血死的，便禁止冲傩。一时师教的人，因为断绝了生计，都到皋台衙门口跪香。季白眉看了可怜，便限制冲傩的时间，只许到晚上十二点钟为止，并不准打锣鼓、吹牛角。

长沙人便仿师公的腔，唱起几句口号来，道是："太太们坐在家里闷得慌，冲一个哑傩保平安。夜猪杀得不耐烦，杀个早猪玩一玩。"当时的巫风，便稍微平息了一点。

第十八章

顽意团侦探之究竟

公孙宾之和柳三阿公、李五长子在飞觞阁吃了一顿，探出许多事情，心里非常高兴。当下又同到福寿楼，抽了一会儿烟，见姚子蓁、罗满老官都没来，便回到家中，思忖了一夜儿，天刚发亮，就去找傅继祖。

傅家的底下人，是向来熟识的，一见公孙宾之进门，笑着回道："公孙少爷好早，我们少爷昨晚才从湘潭回来，起更时候，谭少爷又来谈了半夜，四更天才睡；此刻恐怕还没醒呢！"公孙宾之道："你快去叫醒你少爷，我正要到湘潭去，有要紧话和你少爷说。"那底下人答应一声去了。

公孙宾之便自己走到书房里来，独自坐着等了一会，心里又急又无聊，便抽开屉子来看；只见一张有皱纹的字条，上面歪歪斜斜地写了几个核桃大的字道："送西长街福胜旅馆姚二爷：弟下午在福寿楼，晚上在有伢子家。罗德胜拜具。"正在不解，傅继祖出来了，不等公孙宾之开口便道："你也要到湘潭去么？"

公孙宾之指那字条道："这是哪里来的，罗德胜就是罗满老官吗？"傅继祖道："这倒亏你，一猜就猜着了。"公孙宾之道："那姚二爷一定是姚子蓁。"傅继祖道："不错，这个你且不要问，等一会儿我自然告诉你。你忽然要上湘潭干什么，莫不是因为罗满老官要

148

上湘潭吗?"公孙宾之诧异道:"你怎么知道我的意思?"傅继祖大笑道:"你可以不必去跟寻罗满老官,谭延寿已经去了,我们只管缓缓地谈。"

公孙宾之道:"你原来也注意罗满老官么?"傅继祖道:"我起先也没十分注意他,是老谭的夫人派人去探听的。后来老谭还找着点凭据,所以断定罗满老官是个最有关系、最有嫌疑的人。"公孙宾之道:"老谭的夫人如何注意到罗满老官的?"

傅继祖道:"说起来话长!就是那天你和老谭闹意见,老谭回去,他夫人盘问明白了,便说:'罗满老官对我说的那一片话,十有九句是假的。'他夫人是朗梨市的人,娘家用的老长工曹有富,恰和罗满老官同住一屋,早听说罗满老官不是东西,所以就托曹有富去打听。

"十几天前,曹有富回信来了,说是罗满老官出嫁的女儿说的,彭礼和曾经托罗满老官,出卖一个宝贝,值得一千银子。因为买主不肯出价,彭礼和拿了宝贝回家,当晚那宝贝就不见了,彭礼和急得要死。后来罗满老官,又替彭礼和把宝贝找回来了,彭礼和就失了踪了,可是罗满老官,就是那几天进了几百银子。

"他女儿听说父亲发了财,要想借一二十两银子,给丈夫去做生意。罗满老官不肯,父女两个还拌了一天的嘴。据罗满老官说,那笔银子,是城里一个财主,托他买一块坟地的。可是几个月下来,不曾见罗满老官买过地,可见得那笔银子的来历不明。又在罗满老官未进银子的前五六天,曹有富的老婆,看见一个姚二爷来过,和罗满老官躲在一间房里谈讲;又争吵了一顿,好像要打架似的,后来一同出门去了。可见得罗满老官和姓姚的有秘密事。

"罗满老官在城里相与了一个婆娘,叫作'常家有伢子',住在息息相关巷子里,乡里有人同他去坐过。至于彭礼和有什么宝贝,

149

值得一千银子，彭家儿子只知道那是块令牌。

"老谭得着这个报告，亲自来告诉我，我和他便寻到常家有伢子那里去说，要寻罗满爷看地，有伢子便说：'满爷到福胜旅馆找姚二爷去的。'我因为罗满老官认识我，便由老谭也到那旅馆里去住，渐渐地才打听出姚二爷就是姚子葊。老谭设法去搜他的房，寻到这个字条之外，又寻到几张字纸，我拿把你看。"说着，便又开一个棹屉，取出一卷字纸，从里边检出一张合同底稿来。

公孙宾之看时，写的是：立见中字人罗某某、姚某某，今因胡某某向彭某某收买过继文书一张，是胡仲文在世亲笔议价省平足纹某某两，由罗、姚过手，银字两交，永无异言。如有异言，唯罗、姚是问。恐后无凭，立此为据存照。光绪某年某月某日，见中罗某某、姚某某。便问道："这是怎么一回事？"

傅继祖道："这个，我可打听清楚来了。我就因为这张字，特地去湘潭一趟。原来胡仲文是湘潭花市的阔人，是个天阉。他嫡亲哥哥伯琴，却有两个儿子，因为狂嫖滥赌，把家产弄光了，便把他老二过继给仲文。仲文见老二资质很好，请了彭礼和去教书。谁知老二长到十三岁，一病死了，仲文又要立继，看中了堂房兄弟汉元的儿子，正在那里立过继文书；伯琴从汉口赶回来，恰巧赶上，登时大闹起来。抢了过继文书撕得粉碎，非要把他的老大过来兼祧不行。仲文因为老大不成材料，一定不背，两兄弟闹翻了，被大众劝开。

"这一来，伯琴虽然没有如愿，可是这件事拖下来了。汉元不免大失所望，自然要极力进行，却挡不住伯琴拼命地破坏，天天在仲文面前吵。吵得仲文急了，便选定一个远房兄弟厚斋的小儿子过继；立了文书，并且在县里立了案，全是彭礼和一手替仲文办的。那过继文书却是仲文的亲笔底稿，彭礼和誊真之后，便藏了下来。这是十五年前的事。

"前年仲文死了，伯琴便带着儿子孙子，霸住孝堂，不许继子成服；汉元也带了儿子来，要做孝子，免不得打起一场官司。厚斋拿出过继文书出来做凭据，谁知汉元早在衙门里做了手脚，抽了原案，做一张假呈子补进去，又造了张过继文书。湘潭县审问的结果，伯琴是完全输了，厚斋也就站在输的一边。幸而事实上继子曾经继父抚养了十多年，何以汉元不趁仲文活着的时候出来说话，可见得汉元争继不近情理。但是衙门里存的案，没法揭穿他是假的，因此缠讼不休，官也没法子断案，只得付之一拖！

"厚斋和汉元闹过几回上控，总是驳回到县里去审。后来不知怎么知道，仲文亲笔的过继文书底稿，在彭礼和手里，两边争着要买。听说厚斋足足花了上万的银子才弄到手，官司便打赢了，前一个月才正式接管仲文的产业。我打听了这一回事，昨天便回来了。老谭就来说，罗、姚两个今早要上湘潭去兑银子哩！我便告诉他这个情由，他便担任去跟寻去了。宾之，你如何知道他们要上湘潭呢？"

公孙宾之拍掌笑道："把你打听来的事和我所打听的一证明，只怕罗、姚两个，免不得就是谋死彭礼和的凶手。我昨天见过了他们，才由柳三、李五口里，探出消息来。据说罗、姚两个，很做过些不公不法的事。当彭礼和失踪之前，有一个排教法师胡汉升，到福寿楼找他们两个，不知议论些什么。后来罗满老官约了彭礼和同来，见了胡汉升的面，说不到几句话，彭礼和就怒冲冲地走了。他三人都有失望的样子，一去就许久没来。

"过了些时，罗、姚两个又来吃烟，手笔忽然阔了，身上掏出许多银票子来惠账。大家恭维他发了财，他两个大吹一阵牛皮说：'是！这不过小小地做了一点生意，算不了什么！你们瞧着吧，再等几个月，我们真要发大财呢！'那柳三、李五一班人，自然不平，都想知道他怎么发财。仔细一打听，原来他俩在湘潭包办一桩案子。

那姚子蓁本是个讼棍，大家没有他的本事，只得咽口唾沫压馋火罢了！

"昨天我没到福寿楼之先，姚子蓁先到那里，有人请他做一张状纸，姚子蓁推辞了，说是今天要同罗满老官到湘潭收一笔大款子。我听得这些话，盘算了一夜，所以想追到湘潭去。而今经你这一说，我的理想，得着这事迹来证实了。

"我以为彭礼和若是没有可值钱的东西，便没有被人谋死的情理，令牌的话靠不住。而今是为了胡家的过继文书，彭礼和就够得上一死。至于引诱他到贡院里去的人，除了罗满老官不行，而且不给彭礼和一个冷不防，要想勒死他，不显出撑拒的痕迹，也非罗满老官在场不可！只是罗满老官何必一定要谋死彭礼和呢？现在这一张见中的字据，只能作为谋杀的犯由，不能作为谋杀的铁证，我们还得进行。"

傅继祖道："这话不错！且等老谭回来，我们再斟酌。"公孙宾之道："好！"又问道："你去会李炳荣，怎么样了？"傅继祖道："再不要讲起，我跑了三四趟才见面。我提起慕名的话，又问他谷山隆鬼的事，李炳荣笑说：'那都是没有的事。'随即问我是听得谁讲的？我便说是罗满老官讲的。李炳荣登时脸色一沉，勉强笑说：'罗满向来喜欢造谣言，不要去相信他。'我再问时，李炳荣就不肯开口了。你看，我这个软钉子，碰得好不好？"公孙宾之笑着告别去了。

过了十多天，谭延寿回来了，傅继祖便邀公孙宾之来，替他两人解释了意见，谭延寿便说："这一趟白跑了！"因为罗、姚两个，这回扫数拿到三千银子，就在湘潭市上一阵大赌。昏天黑地赌了十来天，他两个钱也输得差不多了，垂头丧气地回长沙，任什么也没有打听得着。

当下三人仔细商量出一个主意来，打算拿了那张见中的底稿，叫彭礼和的儿子，向罗满老官讨回那张过继文书，这样就有了打官司的原由。可是彭礼和的儿子，都蠢得像猪一般，一句话也不会说的。傅继祖特地去找了来，千方百计地教他，无奈他听得有钱可拿，却是欢喜的；听得打官司，就吓得屎尿齐流了。回到家里，对他母亲说，有人教他告母舅谋杀了父亲，又说不清楚，被他母亲大骂了一顿。

罗满老官听得风声，吓了一大跳，连夜赶上城要去见姚子蓁，商量个远走高飞的上策。不料祸不单行，姚子蓁恰巧因为覃家案子，被捉去不到半点钟，罗满老官只得独自溜了，不知去向。

顽意团的人，一时没有了目的物，只得暂时搁下来；却大家议定，想要到牢监去盘问姚子蓁。后来姚子蓁因覃家案子，定了永远监禁的罪，傅继祖要去看他时，谁知姚子蓁得了牢瘟病，不多几天就死了。官府查办妖人的公事也行了下来，李炳荣、易福奎、胡汉升一班人都逃跑了，于是顽意团一腔热烈的侦探兴致，没有发挥的余地，只得罢休。

第十九章

彭礼和案之大披露

傅继祖一班人，自从癸卯甲辰，发了一回侦探热，没有结果之后，究竟一时不肯灰心，曾经请郝三胡子到江西袁州大马山走一趟，要探听诸天教开会争掌教的事。结果诸天庙是有·个，开会是没有的事，也只得搁在一边，另外寻些别的事情消遣。

匆匆地过了六七年，革命党起了事了。长沙是辛亥九月初一独立的。到了初十，一班军人又把都督焦达峰、副都督陈作新杀了，举出谭延闿来做都督，成天地闹着北伐北伐。时势造英雄，傅继祖一班人都混在军队里。

闹了些时，清廷退位了，中华民国开了新纪元，傅继祖一班人，因为从军有功，大少爷摇头一变，都成了官了。傅继祖做湘潭县，谭延寿在军务厅，公孙宾之在民政司，很热心地替民国服务。

有一天，湘潭的十三总（街名）上，发现一桩大赌案，当场枪杀了人。傅继祖派卫队，一股脑儿都提了来问时，原来开赌的名叫胡汉升，凶手名叫罗德胜，死的人名叫覃学礼。傅继祖触起彭礼和的案子来，很注意地审问。

罗德胜供道："历来奔走革命，光复后在北伐军里当过排长，和胡汉升、覃学礼是同事，遣散以来时常相聚。今儿偶然打麻雀牌消遣，谁知覃学礼偷了一张白板，我拿破了他，他恼羞成怒，拔出手

154

枪来打我。我抢了他的手枪，掉转枪头，比着威吓他，不料一时失手，枪子飞出去把他打死了。"

傅继祖冷笑道："你不就是罗满干净吗？你在乡里当地主，也是奔走革命了？此时我且不问你，先把你押起来再说。"便吩咐带下去。再问胡汉升，供词和罗德胜一样，却承认是法师出身。

又传覃学礼的家属，却是一个四十多岁的妇人，自称是学礼的母亲，号啕大哭地诉说道："从前我儿子在长沙被人冤枉他谋杀侄儿，喜得我们亲家严智庵老爷，求了北洋制台，才伸了冤。又可恨我们亲家老爷，不知听了什么人的小话，硬要退婚。我儿子因此气伤了心，这才在外边嫖赌乌烟地闹。他父亲管他不住，为他着急死了，害得我没脸在长沙住，因此搬到湘潭来，过了几年穷日子。近来我儿子做了官，我正要享他的福，谁知被人打死了。我但不能活了，我要找他们拼命！"

傅继祖劝她一顿，叫人扶她下去，却是想起覃孙少奶奶当堂自杀的情形来，心里十分警畏，以为这种报应，真是活现在眼前，坏人总不会有好结果的！当下把这案的见证人，都问过了，便专人到长沙，请谭延寿和公孙宾之，带了从前调查得来的彭礼和案里的证据，一同到湘潭来，商量问罗满老官的供。

约莫过了两天，谭延寿和公孙宾之，又同了一个人来了。傅继祖见面时，却都认得他是李炳荣。原来李炳荣此时正在湖北都督府做副官，因为请假回家，和谭延寿认识了。这天恰同在公孙宾之家里接着傅继祖的信，李炳荣听得罗满老官因为打死了人被捉，当时叹了一口气道："这人一定要遭杀身之祸的！"便对谭延寿、公孙宾之，讲出罗满老官和姚子羕一班人，谋杀彭礼和的事情来。谭延寿和公孙宾之，便邀李炳荣同到湘潭，又和傅继祖说了。

傅继祖便提出罗德胜来问，从筋节上一一驳诘，罗满老官只得一一招了。大略的供词道是：

155

"彭礼和是个深心的人，他有意把胡仲文亲笔的过继文书底稿藏起来，本是预备后来勒索一笔大款子的。他那令牌，原来是胡家学生的一方象牙界尺，因为打断了，就丢了不要。他本来会刻图章，便拾了来，就势雕做个古来的圭形；却嫌短了不像，便做成个令牌，加刻上五岳真形图等等；又在横档上雕空一个槽，做了一个推盖盖上了，外面一点也看不出。他就把那张底稿藏在那槽里。

　　"过了十多年，仲文才死，他知道这底稿一定可以有销路了，又不便自己出面去卖给人家，便托我先到湘潭去，打探风势。那时正是胡伯琴和胡厚斋捣乱的时候，还说不到要这底稿做证据，我略为放了点风出去，便回来了。胡家一班人，都不曾注意，只有姚子羹注了意，悄悄地来问我，可是有仲文的亲笔底稿么？我自然拍胸担保，说是有的。

　　"那姚子羹便去对胡汉元说，劝他收买了灭迹。汉元倚仗他在县里做了手脚，抽换了案卷，拒绝不要。姚子羹又去对胡厚斋说，劝他买回去，那便是过继文书更硬朗了。厚斋问价钱，姚子羹讨价五千两，厚斋嫌贵，又不要。姚子羹碰了两边的钉子，气愤愤地告诉我，要我对彭礼和说：'此刻讨价五千，他们不要；将来如果再要来找你买时，非得上万的银子绝不可以答应他们！'这是辛丑年冬里的话。

　　"后来胡伯琴的官司输了，汉元出头和厚斋打官司。打了一年，厚斋要输了，这才托人找姚子羹要买这张底稿。汉元也知道了，便托他堂兄弟做法师的胡汉升来找我，也要买这张底稿。汉元肯出一万银子，另外还许过手的人得三千两；厚斋只肯出八千，过手人只有一千两银子。我和姚子羹一商量，自然要赶多的拿，便对彭礼和说：'厚斋只肯出三千，汉元倒肯出六千，到底卖给谁呢？'

　　"可恨奸猾的彭礼和，他说：'论钱多，我自然要卖给汉元；不过我和胡仲文宾东一场，论良心应该帮厚斋的忙。待我和厚斋当面讲去，有没有三千银子，是不成问题。'姚子蓁和我都慌了，这才打定主意，去偷他的令牌，另外买通了一个贼，告诉他去偷。

"偷出来时，打开盖一看，是个空槽，那底稿早被彭礼和藏在别处去了。我因此受了彭礼和一顿埋怨，他说我不应该将藏稿的地方，在外边乱说，以致招人来偷；言语之间很疑心我做奸细。我只得发誓赌咒辩白一回，可是从此以后，彭礼和不相信我了，倒去托李炳荣经手；因为李炳荣和胡汉升同师学艺，又和厚斋的妻舅易福奎，是要好的朋友。

"我和姚子蓁这才慌了，却又无可如何。便要打算勾通李炳荣，一同做这事，大家分点钱用用。叵耐李炳荣那东西，自命为正派人物，不但不许我和姚子蓁同做，而且责骂我们一顿，说不应该只认得钱，不认得朋友亲戚。

"我和姚子蓁气极了，便要害李炳荣。可是李炳荣实在有点法术，又会把式，恐怕做他不翻，非得找个帮手不可。姚子蓁一连找了几个人，都不敢接应，恰好河西季法师的女儿，混名叫作'黑山鬼母'的，到省里来了，便约她做帮手。

"鬼母生性好胜，听说李炳荣本领很大，本来有些不服气，当日就设下机谋，假造一个口信给李炳荣，说是他师父邵晓山在谷山有事，叫他去一趟。这就把李炳荣诓到了鬼母家里，冷不防就是一'千斤掌'。谁知李炳荣使了'五步滑油法'，鬼母的'千斤掌'不曾近得李炳荣的身，已经滑倒在地，跌断了右手，不得起来。李炳荣着实教训了鬼母一顿才走了，鬼母因此羞愧得离开湖南，不知下落。

"李炳荣知道我和姚子蓁干的事，便回绝了彭礼和，不替他经手卖底稿了。又劝彭礼和说，我和姚子蓁无非是想几文过手钱，羊毛出在羊身上，横竖都是买主出钱，何必要割了我二人的荷包？彭礼和这才仍旧教我经手做事，并且收回了那块令牌。

"我和姚子蕖这才约了胡汉升和彭礼和，当面讲价，和盘托出一万三的底子来。彭礼和还是不相信，说我们藏了私，一定要两万银子到手。我们没法可想，这才由姚子蕖起意，要谋杀彭礼和，我和胡汉升都赞成。布置好了，先一天，我就约了彭礼和到贡院里去交款子，姚子蕖、胡汉升已在贡院里等候。

"可恨彭礼和死在临头，还有许多的扭捏。我在小吴门口等他来了，他还要到槽坊里吃酒，说了许多的废话。我问他：'底稿带出来没有？人家预备了现银子，在那里等呢！'彭礼和说：'只要他有钱，我总有货。'我说：'这是要银货两交的。'彭礼和说：'那是自然！我的随身宝，岂有不带在身上的道理？'我听他这么说便放了心，便催他快去。

"他偏是慢条斯理的，左一杯、右一杯，吃了半日，我从来不曾见他吃过这许多的酒，心里暗想，这真是要做个醉死鬼哩！好不容易，等他吃完了酒，他醉得舌头都强了，说话糊糊涂涂的，我只得搀着他走。那时雨又落得很大，我一手撑着伞；他又是偏偏倒倒的，一步一顿儿。好不容易搀他到了贡院前，他忽然使劲把我一甩，我几乎被他甩跌了。我挣扎住了，看他时，他睁着眼睛，口角流涎，大着舌头对我说道：'我今天不卖给他们了，他嫌贵，我还不愿意呢！二万银子，你说是好价钱么？'我当时只得连哄带骗的，才把他搀进了贡院。

"那天天气很冷，姚子蕖和胡汉升，等得不耐烦。肚皮饿了，又不敢走开，只得劈了几块号板子烧着，寻一个破罐子接些雨水，烧开水喝。见我搀着彭礼和到了，喜得跳将起来。该死的彭礼和，此时竟自两眼紧闭打起鼾来。我轻轻地把他扶放地上，三人打手势拿出绳子来，便要动手。

"彭礼和忽然咳嗽两声，又翻身睡了。胡汉升便取出带来的迷药，抹在彭礼和鼻子上，一声喷嚏，鼾声便微细起来。姚子蕖便道：

'我们先搜出那底稿来吧！'浑身搜遍了，不见有什么稿，大家都怔住了。胡汉升见彭礼和虽然迷倒，右手仍旧紧紧地捏着伞把，便去伞里搜时，果然在伞把里搜着了。姚子蓁接着一看，便道：'我们已经得了这件东西，何必一定要他的命？我们丢下他走吧！'

"我那时不肯答应，恐怕彭礼和醒转来找我，我脱不得身。这才把彭礼和扛到又北文场，由胡汉升在梁上结了绳子，我和姚子蓁抱住彭礼和往上套。那圈子套中了，我们一松手，彭礼和的身子只转了几转，手脚乱动了一阵，舌头就伸出来，气就断了。

"我们仍旧把他的钉鞋穿上，雨伞放好，才悄悄地出来。同到福胜旅馆，写了三张合同，都画了押，分着收了，这才由姚子蓁带了底稿，和胡汉升同到湘潭去讲生意。谁知胡汉元那个东西，见了底稿忽然翻悔，只肯出五百银子来收买，姚子蓁和胡汉升，自然不肯卖给他，垂头丧气回来，彼此埋怨，说不该白害了一条人命。

"只有我最后悔；不过事已做了，追不回来。又想到尸首总有发露的一天，万一有人问我时，我怎样回复呢？便编了一大套鬼话，又悄悄地往彭家偷出令牌来，埋在义冢山里，就说是彭礼和因为那令牌，被鬼害死了。我仔细想了又想，觉得只有这一说，可以蒙得住人。

"过了些时，我听说官府要收拾贡院，我便慌了，便去和胡汉升商量。胡汉升本有几个徒弟，在东边乡里当马脚，每次要发马了，总先到胡汉升设的乩坛里问神，于是我就去彭家主张打猖。胡汉升便假冒乩笔，把地方告诉了马脚，所以一打猖就寻着了。我便极力地说，彭礼和是被鬼找了自缢的，也有许多人相信，我以为没事了。

"那时恰好姚子蓁拿了那底稿和胡厚斋讲生意，仍旧是九千两银子卖给他去了。第一回拿三千两，我们三人平分；第二回胡汉升要买田，他先拿足了两千，我和姚子蓁各得五百；第三回拿三千，我和姚子蓁对分，却在湘潭赌输了十分之九。

"及至回到长沙，听说有一班公子少爷，要刁唆我那外侄告我，我急忙去找姚子蓁，姚子蓁已经捉了去了。我一时吓得没了主意，便独自逃到汉口去。住了几年，却和焦达峰的一个学生同住，彼此很说得来。我私下很替革命党送过几回信，湖南光复之后，焦达峰的学生，荐我当北伐后备军的排长。胡汉升是我拉他同进北伐军的，也当了排长。至于那覃学礼，他却做了连副，我们因此认识。所以解散之后，聚在湘潭开赌，才有这一回打牌误杀的事。"

傅继祖录了罗满老官的供词，再问胡汉升，只得也招了。便把他二人钉镣收监，听候呈明都督民政长办理。傅继祖便备了酒肴，请李炳荣吃酒，谭延寿、公孙宾之作陪，拿了罗满老官的口供来看。

李炳荣看了道："我辞谢彭礼和不替他经手，让姚子蓁一班人可以得钱，原是省得他们生心害人，谁知不久听得彭礼和死在贡院里。易福奎又来告诉我说，胡厚斋花了九千两银子，买了胡仲文亲笔的过继文书，又听说胡汉升买了二千多两银子的田，我把这几句话凑合起来一研究，彭礼和的死，当然是他们三个人闹的鬼。因为姚子蓁牢瘟病死了，罗满老官又在逃，专问胡汉升一个人，是不中用的，所以我这几年，一直闷在心里。不是傅先生已经拿住了罗满老官，我还不便说哩！"

谭延寿忍不住了，便问李炳荣道："易福奎是你的至好，他和杨得中在东茅巷，设了一个什么集云坛，到底是怎么一回事？"李炳荣叹了一口气道："这是他们胡闹！可是易福奎他们究竟是坏在那桩事上。我这几年很忏悔从前的行为，把他们装神弄鬼受报应的事，记了几段，在一个小本子上，回头清出来，送给各位看吧！"当夜尽欢而散。

过了几日，傅继祖接了都督民政长的批，叫把罗德胜和胡汉升，解到省里，枪毙了完案。

第二十章

李炳荣之自述

李炳荣是醴陵东乡人，小时候非常顽皮，时常在外边闯祸。他父亲怄气极了，便把他关锁在一间屋子里。那屋子只有一个土窗，窗外有一株极大的白果树，树上分杈的地方，有一个茶杯大小的洞，有一对啄木鸟在里面做巢。李炳荣本听得人说啄木鸟会画符，若是学会了那符，听凭是什么封锁坚固的门，符到处，那门自然而然地开了。

这年正是白果成熟的时候，他家用的一个看牛的小孩儿，常常到后院里拾那落下来的白果。李炳荣便问那小孩儿道："你要学法么？"那小孩儿便问："怎么个学法呢？"李炳荣道："容易！"便指着杈上的洞，教那小孩儿："削一个木塞子去塞上，明天若是木塞子自己掉下来了，你就可以学法了。"那小孩儿很高兴地跑去削个木塞拿了来，爬上树去把那洞塞了，自去看牛。李炳荣就一心三思守着窗口，专等那啄木鸟回来。

约莫等了两三个时辰，啄木鸟回来了，进不得巢，便翩然飞下地来，跌跌地跳了几步，便用那长喙在黄泥地上，画了几画。只听得嗖的一声，那木塞如同弩箭一般，直射到三丈外的草地里去了。啄木鸟散开翅膀，在地上扫了两扫，扫乱了画的痕迹，便翩然飞进洞去。李炳荣留心它的跳法和画法，却记不全。第二天，又教那小

161

孩儿去塞；如此候了五六天，被李炳荣学会了，便自走出那间关锁的屋子来。

他父亲有些诧异，去看那屋子时，门大敞着，里外都没有撬坏的痕迹。锁开了，掉在地上，便打了李炳荣一顿，问他如何出来的。李炳荣耐着打，不肯说真话，只说是门忽然开了，以为是父亲特地放他的，所以才走出来。他父亲拷问不出所以然，只得罢了。却是李炳荣的小孩儿顽皮办法，从此一点也不来了，从此专一地爱学法，只苦于没有师父。

过了几年，李炳荣十四岁了，偶然走到长岭上，口渴起来，寻不见水。在一个枯涧边，寻见一株酸枣树，结了些半生半熟的枣子在上头，便爬上去吃。忽然一阵狂风过去，一只牛大的白头虎，从涧那边山坳里跳过涧来。随着那山坳边跳出一个人，腾空一般地落下来，恰恰落在那老虎前面。那老虎登时俯伏在地，那人用手去抚摩虎头，那老虎娇得像猫一样，翻转身来，用两只前爪去捧那人的手。

李炳荣又惊又羡，仔细看那人时，原来是一个老尼姑，两道白眉毛，从眼角上垂下来，足有三四寸长，一脸慈善之气。李炳荣那时一心只想拜老尼姑做师父，便不顾什么，直溜下树来，跑上前跪下就叫师父。那老尼姑看了一看，便叹口气道："你这孩子却也有点根器，可惜心太野了，修不得道。我不是你的师父，我指引你去拜一个师父吧！五年之后，你到贵州去一趟，自然有人收你做徒弟。"李炳荣哪里肯罢手，只顾磕头哀求。

那老尼姑想了一想，道："也罢，我传你些治病的符水。可是要守我的三个戒条：第一，不许取钱。送不送钱和送多少，听凭人家。第二，不许偷懒。无论早晚和大热大冷的天，不问你有什么事占住了手，只要有人请你去看病，都要去治。第三，不许夸嘴。你要知道，治病治好了，是人家命不该绝；若是治得不好，只能说自己的功夫不精，我们的存心应该如此。"

李炳荣领了戒条，那老尼姑传了一遍咒语，袖里取出一本薄薄的抄本书，给了李炳荣，拍一拍老虎的头，老虎"呜"的一声跳过涧那边去了，老尼姑也腾身而去。李炳荣朝天磕了几个头，回家悄悄地练习浮水。一年之后，在醴陵就出了名。

后来，到长沙住了些时，已经十九岁了，便遵着老尼姑的吩咐，独自上贵州去。在玉屏山遇见邵晓山，拜了师父，跟随了十年，学会一身好拳棒，又得了祝尤科的嫡传。邵晓山也说李炳荣够不上讲身心性命之学，不再教了，只得辞别师父回家。

路过洪江，遇见黑山教一个无名的好汉，斗起法来。李炳荣因为功夫太浅，看看抵挡不住。邵晓山突然走来，拦着那人道："他虽是我的徒弟，可是苟二姑叫他来拜我为师的，你们不可以侵害他。"那人愤愤地走了。

李炳荣这才从头追问，才知道老尼姑是苟文润的第二个女儿，从征义堂逃出来，就在长岭上修行，邵晓山还是苟二姑的师侄。原来白莲教从苟文润分派，一支是黑山教，一支是诸天教，邵晓山便是诸天教第二代的祖师。

李炳荣回到醴陵，自知本领不高，专一用心苦练了十多年，才到长沙来行道。功夫很纯熟了，所以一时无敌，就做了长沙排、师两帮的领袖，很自矜贵，不肯为非作歹。不料彭礼和一案，因为怜念同师的胡汉升，不敢出来多事，就另外由南为昭的事，跑出个关大雄来甩了他一个筋斗。

原来关大雄是苟二姑的得意徒弟，不但精通法术，并且练会了奇门遁甲。她在长沙县花厅里忽然不见，乃是"六戊藏形"之法，不比一切旁门左道。她制死南为昭乃是用的"太乙摄魂术"，摄了南

163

为昭的生魂，又招了某小姐的魂来对质，才慢慢地用种种刑法，叫南为昭受痛苦。李炳荣不知底细，冒冒失失地出头，硬要和解，所以才碰在钉子上。李炳荣因此灰心，正打算要离开长沙，恰巧集云坛又闹了一个大笑话。

易福奎立集云坛，一来是安顿他平日所收留的孤魂野鬼，二来是借着替人求子的话，骗一班女人的钱，甚至于还要骗几个女人随便玩玩。李炳荣早已明白，又为了朋友关系，不肯破脸去责罚易福奎，连易福奎的连手杨得中，都装糊涂放过了。

谁知长沙官府，刚要严禁妖人的时候，易福奎正奸拐了一个女人。杨得中也和易福奎的老婆勾搭上了，各自带着逃跑。不多几天，易福奎在常德破案，杨得中在岳州破案，都下在牢里。李炳荣被同道的几位老前辈，大大地责备了一场，说他太没有管教，面上更是无光。便趁着官府要拿办的风声，跑到宜昌去住了些时，却和宜昌的一个带兵官认识了，请他当一名军医。

光复之后，因为他不愿意再干符水治病的事，所以到都督府当了副官。这次回来，眼见罗、胡二人，抵了彭礼和的命，心里却得卸下了一块千斤巨石，松快之至！

第二十一章

结　语

癸丑年民军倒袁失败，作者正要去日本游历，在上海会见了傅继祖，同在邮船上谈起了以上种种的事实。作者当时发生了几种感想：

第一，有鬼没鬼的问题，从来两方都举不出确实的证据。现在世界上都说是科学万能，可是鬼的问题，还不曾有正确的方式去研究，谁也不敢断定说有鬼，谁也不敢断定说没鬼。可是我个人的意见以为，鬼是应该有的，却不相信一班人所说，鬼能够害人的话。

我何以说有鬼呢？世界上的东西，不必一定要形质完全，才可以证明他是有的。比方我们时时刻刻可以看见这个天，究竟天是个什么东西？无论是谁，也没法拿个凭据来证明的。通常的科学家，说天是空气，空气以外是真空。请问，真空以外又是什么？没法去找凭据，只得说是真空无际了。其实，真空到底应该无际，还是有际？总之都可以说，都可以不说；这疑问便不能有解答之一日，所以只得研究得到的地方，假定他是真空无际便了。庄子说得好："天之苍苍，其正色邪？其远而无极邪？其下视也，亦若是而已矣！"远得没有考究，只好说他是天，是青天了。

又比方我们时常感受接触的，没形质的风，通常说它是流动的

165

空气；而通常可以有使人感受同样接触的，便是人口鼻里的气。人的气，是呼吸的作用，很容易验明的；而那风，又是谁在那里主动着这么大的呼吸呢？庄子说："野马也，尘埃也，生物之以息相吹也。"地球和其他行星，都在天空里转动，地球自然要算不属于动、植类的生物，所以不妨假定风是地球的吹息。然则主动那地球在天空旋转的，又是个什么东西？说他是星球的相互吸力吧，而所以使星球能够发生吸力的，又是什么？这就只得说是阴阳二气了。

若讲到阴阳二气，不但《红楼梦》书里的史湘云，没法举出证据来告诉翠缕丫头。便是讲先天八卦、后天八卦、太极图、无极图的宋学大儒，也没法举出阴阳的实质来告诉人，也不过是假定着说，天地间无非是阴阳二气罢了！由此类推，没有法子考究的天，和来历不甚明白的风，乃至神秘幽渺的阴阳二气，科学家只能知道它的大概，终究说不出它的原来分子是什么。便说了，也绝对不能拿了那分子来，给大家看，又何尝不和鬼一样，总是拿不出来给大家验看的？

然而一般人对于天，因为它有颜色，可以看见；对于风，因为它有声和力，可以接触；对于阴阳二气，因为它有日月运行、寒暑推迁、气候差忒，可以比例，都不甚怀疑；而独怀疑着人死之后的鬼，这也未免太不肯研究了！据我看来，鬼不过是生物死了以后的一个专名词罢了！有生以前叫作胎，无生以后叫作鬼。有生以前，由胎渐渐地长成起来；无生以后，当然由鬼渐渐地消灭了去。人比较一切生物的知觉运动，来得完全，所以在鬼的时代，当然不能没有鬼的动作。不过那种鬼的动作，我们还没有升到鬼的阶级，不能知道。

然而一定要说鬼能够害人，我实在想不出他要害人的道理来！

166

比方人要去害胎儿，也许是事实所有，然而总是人类例外的事。由此可见鬼来害人，一定是鬼类例外的事。例外的事，自然不能作为普通的标准。所以我承认有鬼，却不能承认鬼能害人。

第二，我以为法术是有治病的可能性，然而绝不相信求神拜鬼，就可以治病。据道家的说法，法术是修道时一种自卫的手段。能够自卫，当然可以救人；能够救人，当然也可以害人，这是极普通的事理。修道的人，炼精成气，炼气归神，其中要经过许多的修养，精神的作用，是不可与人以共见的。只有气的作用，可以留下许多奇特的事迹来。

我曾听说剑侠练剑，凝神一志地对着一把剑，静坐调息。久而久之，那把剑可以随着呼吸之气，来往进退。这种以气摄形的功夫，觉得很奇，究竟还是道家最粗浅的。古来飞卫学射，专注心神在一个虱子身上，旬日之后，看见虱子大如车轮，于是一箭射去，就射中了虱子的心，就是这个道理。

我又曾看见一个孕妇临产，胎儿死在腹中五日不下，危殆极了。偶然遇见一位祝尤科的老先生，请来救治。那老先生讨了一把剪刀、一张纸，铰成一个人形，随即把人形剪得稀烂。这边在厅外作法，那死胎连胞衣，竟是一块一块的，从产门里零碎掉下来。又曾见一个农夫，生了对口疮，肿得碗大，痛得直嚷。忽然来了一个过路的人，从人丛里伸手过来，在农夫后颈上一抓，对阶沿石上一摔，这人的对口疮，登时不知去向。那石头上却长个瘰出来，石头还微微地颤动了一会儿。

这种都是以气摄形的道理，不能说他是妖魔鬼怪的，也与神道菩萨无干。不过，他们若是拿救人的这种法术，转而作恶害人，可就不得了！所以巫蛊之祸，古今中外，都有历史的风俗的关系；单是用科学的方法来判断，想要打破一般人的迷信，是不能成功的。因为照科学的方式去研究，实在难得其理解，然而事实确是不能消灭。科学家空口说白话，怎么能够挽回一般人迷信的趋向呢？

作者的意见如此，略为发表出来，作为这篇小说的结束，还要请阅者诸君赐教。

平江不肖生年表

徐斯年　向晓光　杨　锐

说明:

1. 本表曾于 2010 年递交平江不肖生国际学术研讨会交流。2012 年 11 月刊于《西南大学学报(社会科学版)》第 38 卷第 6 期。2013 年 4 月又刊于《品报》第 22 期。杨锐近据新见资料做了补充和订正,现将杨之补充稿与原稿加以合并,以飨同人。

2. 表内所记年月,阳历均用阿拉伯数字记载,阴历及不能确认阴、阳历者均不用阿拉伯数字。年龄均为虚岁。

3. 部分著作尚未查明初版时间,附录于表后备查;其中部分著作未见原书,有待辨别真伪并考证写作、初版时间。

1890 年(清光绪十六年庚寅)1 岁

是年赵焕亭约 7 岁(约生于光绪四年)。

阴历二月十六日戌时,向恺然生于湖南省湘潭县油榨巷向隆泰伞厂。原名泰阶,册名逵,字恺元。原籍湖南省平江县。祖父贵柏,祖母杨氏。父国宾,册名莹,字碧泉,太学生;母王氏。

按:此据民国三十三年(1944)六修《向氏族谱》[1]。向氏 1951 年所撰《自传》[2]称"六十二年前出生于湖南湘潭油榨巷向隆泰伞店内"。1951 年为 62 岁,是为虚岁。向隆泰伞厂原为黄正兴伞厂,店主黄正兴暮年以占阄方式将伞厂平分,无偿赠予向、王二店员,向姓店员即恺然祖父贵柏。向氏姻亲郭澍霖自幼与黄家为邻,

171

有遗稿述其经过甚详。

1893 年（清光绪十九年癸巳）4 岁

姚民哀生于是年。

向恺然在湘潭。

1894 年（清光绪二十年甲午）5 岁

是年 8 月中日甲午战争爆发。次年 4 月，日本强迫清廷签订《马关条约》。

向恺然开蒙入学。祖父贵柏公卒。

1897 年（清光绪廿三年丁酉）8 岁

顾明道生于是年。

向恺然在湘潭。

1900 年（清光绪廿六年庚子）11 岁

向隆泰伞店歇业，向恺然全家搬回平江。

按：此据《自传》[3]。后迁居长沙东乡，具体时间未详。

1902 年（清光绪二十八年壬寅）13 岁

还珠楼主李寿民生于是年。

向恺然或已在长沙。

按：黄曾甫谓："他的父亲虽曾在平江县长庚毛瑕置过薄户，但后来迁到长沙县清泰都（今开慧乡）竹衫铺樊家神，置有田租 220 石和瓦房一栋。"[4]黄与向有"通家之谊"，20 世纪 30 年代曾任《长沙戏报》社长。

1903 年（清光绪廿九年癸卯）14 岁

湖南巡抚赵尔巽奏准成立"省垣实业学堂"，光绪三十四年（1908）更名"湖南省官立高等实业学堂"。

向恺然考入湖南实业学堂。是年秋，识王志群于长沙。王为之谈拳术理法，促深入研究并作撰述。

按：《自传》云："就在十四岁这年考进了高等实业学堂。但是只读了一年书，便因闹公葬陈天华风潮被开除了学籍……因此只得要求父亲变卖了田产，自费去日本留学。"对照陈天华自尽、公葬时间，考入高等实业学堂时间当在是年年末。凌辉整理之《向恺然简历》[5] 谓"考入长沙高等实业学堂学土木建筑"。所记校名与正式校名略有出入，该校初设矿、路两科，"土木建筑"或指路科。

中华书局 1916 年版《拳术》序言："癸卯秋，识王子志群于长沙，为余竟日谈"拳术理法，并谓："吾非计夫身后之名也，吾悲夫斯道之将沦胥以亡也。欲求遗真以启后学，若盍成吾志焉!"[6] 王志群（1880—1941），号润生，长沙县白沙东毛坡人，著名拳术家，以精于"八拳"及"五阳功"、"五阴功"闻名。

1904 年（清光绪三十年甲辰）15 岁

向恺然在读于湖南实业学堂。

1905 年（清光绪三十一年乙巳）16 岁

12 月 8 日（阴历十一月十二），陈天华在日本东京大森湾蹈海自尽，以死报国。

向恺然在读于湖南实业学堂。

1906 年（清光绪三十二年丙午）17 岁

5 月 23 日（阴历闰四月初一），陈天华灵柩经黄兴、禹之谟倡议筹办，运回长沙。各界不顾官方阻挠，议决公葬岳麓山，5 月 29 日举行葬仪。

向恺然参与公葬陈天华，因而遭实业学堂挂牌除名。父亲变卖部分田产，筹集赴日留学经费。向恺然从上海乘"大阪丸"海轮，赴日留学。

按：关于首次赴日留学时间，有 1905、1906、1907、1909 四说。对照陈天华蹈海、公葬时间，1905 年说可排除。湖南省文史馆藏《向恺然简历》（凌辉整理件）记为 1906 年，与向恺然《我失败的经验》中"前清光绪三十二年，我第一次到日本留学"的自述一致。《国技大观·拳术传薪录》说"吾年十七渡日本"，可知他习惯以虚岁记年龄。《留东外史》第一章谓"不肖生自明治四十年即来此地"（明治四十年即 1907 年），当指定居东京时间。《湖南文史馆馆员简历》所收《向恺然传略》谓"于 1909 年东渡日本留学"，经查宏文学院结束于 1909 年，是知"1909"当系"1906"之误。赴日留学经费来源，向一学《回忆父亲一生》云："这田产的来由，是曾祖父逝世后，祖父将向隆泰伞厂收束，在祖籍平江长庚年毛坡城隍土地买了四十石租和房屋一幢，又在长沙东乡苦竹坳板仓（开慧乡）竹山铺樊家神买下良田二百二十石租和房屋一幢。留日的学费就是从这些田产中，拿出一百二十石租变卖而来。"

1907 年（清光绪三十三年丁未）18 岁

祖母杨氏太夫人卒于是年。

向恺然当于是年考入宏文学院并加入同盟会，与湘籍武术名家杜心武、王润生（志群）等过从甚密，并从王润生学"八拳"。

174

按：或谓向氏先入东京华侨中学，后入宏文学院。《简历》称在宏文"学法政"。经日本早稻田大学中村翠女士查实，宏文学院并无法政科。

王志群于光绪三十一年（1905）赴日留学，在宏文学院兼习柔道，并加入同盟会。民国元年（1912）回国，在长沙授拳。次年得黄兴资助再次赴日。民国四年（1915）回国后继续从事拳术传授，后任湖南大学体育教授。向恺然在《国技大观·拳术传薪录》中叙述在日本从王学拳经过颇详。

中村翠2010年11月22日致徐斯年函谓："弘文学院的校名于1906年改称为'宏文学院'，因此向恺然就读的是宏文学院。根据现存的史料，该学院好像没有设置'法政'科（设置普通科、速成普通科、速成师范科、夜学速成理化科、夜学速成警务科、夜学日语科）。该学院于1906年废止'速成科'。如果向恺然入普通科（三年），他主要学日语，其他科目还有算术、体操、理化、地理历史、世界大势、修身、英语和图画等等。"

1911年（清宣统三年辛亥）22岁

4月27日（阴历三月廿九），黄兴、赵声指挥八百壮士攻入两广总督衙门，与清军激战一昼夜，兵败而退。起义军牺牲百余人，后收敛遗骸72具葬黄花岗，称"黄花岗七十二烈士"。黄兴于29日（阴历四月一日）脱险，返回香港。10月10日，武昌起义爆发，清政府被推翻。

7月，赵焕亭发表小说《胭脂雪》。

是年阴历二月向恺然从日本返湘，于长沙创办"拳术研究所"。三月，与友人程作民往平江高桥看做茶。十一月，借住长沙《大汉报》馆，与同住之新宁刘蜕公相识，常围炉听刘谈鬼说怪。

按：向氏在《我研究拳脚之实地练习》[7]中称：宣统三年"二月，从日本回家"；"三月，我和同练拳脚的程作民到平江县属的高桥地方去看做茶。"程作民即《近代侠义英雄传》第66回所写陈长策之原型。《国技大观·拳术传薪录》："宣统三年，主办拳术研究所于长沙，遭革命之变，所址侵于兵，遂为无形的破产。"向晓光2010年4月11日致徐斯年函云："据我伯父的儿子向犹兴回忆，五六年八月从华中工学院因病休学回长沙住在我祖父家南村十号，祖父经常与他聊起祖父以前的经历，谈到一件事，黄花岗七十二烈士、当年祖父也参入（与），要不是跑得快就是七十三烈士了。"向犹兴2010年8月15日所撰《忆我的祖父平江不肖生》谓："祖父说参加了黄兴率领革命党先锋队百多人在广州举行的起义，从下午激战到深夜，因寡不敌众伤亡惨重。我祖父也身受重伤而未致命才免遭一劫。"此段经历在已掌握的向恺然著述中均未见记载，由于缺乏旁证，暂不载入系年正文。

章士钊《赵伯先事略》云："议以广东为发难地，分东西两军，取道北伐。西军经广东，入湖南，会师武汉，黄兴主之。东军贯江西，出湖口，直下江南，则伯先为帅也。"后因邓明德被捕，"凤计不得不变"，改分数队分攻各处，"队员皆同人自充之"。"期四月一日一举而取广州，黄兴为总司令，先率同仁入粤。伯先与胡汉民留守香港，至期会合。于是吴、楚、闽、粤、滇、桂、洛、蜀、越、皖、赣十一省才士乐赴国难，无所图利者，相继来集。"以此推测，向恺然若参与其事，或与黄兴有关，当于高桥归后即赴广州。

向恺然《蓝法师捉鬼》："辛亥年十一月，我住在长沙大汉报馆里，我并没有担任这报馆里何项职务，只因这报馆的经理和我有些儿交情，就留我住在里面。当时和我一般住在里面的人，还有一个新宁的刘蜕公。这位刘蜕公的年龄虽是很轻，学问道德却都不错，他有一种最不可及的本领，就是善于清谈种种的奇闻怪事，也不知他脑海里怎么记忆的那么多。那时天气严寒，我和他既没担任甚么职务，每到夜间同馆的人都各人忙着各人的事，唯我和他两人总是靠近一个火炉，坐着东扯西拉的瞎说。"

1912 年（民国元年壬子）23 岁

1 月 1 日，中华民国成立，孙中山就任临时大总统。2 月 12 日，清帝退位。4 月 1 日，孙中山解职，让位于袁世凯。8 月，同盟会等团体联合改组为中国国民党。

9 月（阴历八月），向恺然撰成《拳术》（即《拳术讲义》）一卷，署名"向逵"，刊于《长沙日报》。随即返回日本。

长子振雄生于 11 月 28 日，字庾山，号为雨。生母为杨氏夫人。

按：1928 年 5 月 1 日《电影月报》第 2 期载宋痴萍《火烧红莲寺之预测》云："壬子予佐屯艮治《长沙日报》，一夕恺然来访，携所著《拳术讲义》一卷授予曰：'行且东渡，绌于资，此吾近作，愿易金以壮行色。'"向氏《国技大观·解星科（三）》后记有"壬子年遇曹邑周君子漠于日本"语，是知当年返日。《拳术·叙言》末署"民国元年壬子八月"，是知返日时间或在九月间。

向氏长子振雄，毕业于中央军官学校，抗战期间曾参与长沙、衡阳保卫战等，卒于民国三十五年丙戌六月十八日（1946 年 7 月 16 日）。母杨氏夫人生于清光绪十五年阴历六月初三，有子二：振雄、振宇。据至亲回忆，还有一子夭折；又有一女，名善初，生卒年均未详，故皆未列入系年。向恺然后来又在上海纳继配夫人孙氏，名克芬，卒于民国十七年。有一领养子，名振熙，8 岁夭亡，时在"长沙火灾"前后，亦未列入系年。

1913 年（民国二年癸丑）24 岁

3 月，袁世凯指使凶手暗杀宋教仁，二次革命随后爆发。湖南督军谭延闿在谭人凤、程子楷等推动下宣布独立，7 月 25 日组成湖南讨袁军，程任第一军司令（后任总司令），与湘鄂联军第三军（军长邹永成）同驻岳州。8 月初，与拥袁之鄂军在两省边境鏖战，终因兵力不足退守城陵矶。8 月 13 日，谭延闿宣布取消独立，程子楷遭袁世凯通缉，流亡日本。

向恺然任岳阳制革厂书记，并在长沙与王润生共创"国技学会"。曾遇李存义之弟子叶云表、郝海鹏，初识形意拳、八卦拳。湖南独立后，出任讨袁第一军军法官，曾驻岳州所属之云溪。事败，随该军总司令程子楷再赴日本，就读于东京中央大学。

按：向恺然在《回头是岸》中曾说："民国壬子年，不肖生在岳州干一点小小的差事，那时的中华民国才成立不久，由革命党改组的国民党，在湖南的气焰，正是炙手可热，不肖生虽不是真正的老牌革命党，然因辛亥以前在日本留学，无意中混熟了好几个革命党，想不到革命一成功，我也就跟着那些真正的老牌革命党，得了些好处。得的是甚么好处？第一是得着了出入官衙的资格，可以带护兵马弁，戴墨晶眼镜……"对照相关文献、史实，可知文中"壬子"当系"癸丑"之误——《拳术见闻录·蒋焕棠》亦谓："癸丑七月，余创办国技学会于长沙，焕棠诺助余教授。今别数载，不知其焉往也。"《猎人偶记》第六章则谓："民国癸丑年七月，余从讨袁第一军驻岳属之云溪"。"时前线司令为赵恒惕，正与北军剧战于羊楼。余方旁午于后方勤务，无暇事游猎也。迨停战令下，日有余闲，（居停主人）徐乃请余偕猎。"

《湖南省文史馆馆员传略》[8]谓向氏在制革厂所任职务为"书记长"。

178

"国技学会"即"国技会"，前身为 1911 年之"拳术研究所"。《国技大观·解星科》：民国二年"复宏"拳术研究所之旧观，"创办国技学会，得湘政府补助金三千元，延纳三湘七泽富于国技知识者近七十人"。遇叶云表、郝海鹏事，见《练太极拳的经验》。

1914 年（民国三年甲寅）25 岁

4 月，《民权素》创刊于上海，编者蒋箸超、刘铁冷。7 月，孙中山组成中华革命党，再发起反袁运动。

向恺然在日本撰写长篇小说《留东外史》，始用笔名"平江不肖生"。

是年十月向恺然当已归国，曾由平江至上海小住。

按：《猎人偶记》第一章云："及余年二十五，曾略习拳棒，相从出猎之念，仍不少衰于时，家父母亦略事宽假，遂得与黄（九如）数数出猎焉"；"十月中旬"，"持购自日本之特制猎枪"，随黄于平江"白石岭"猎麂。所述年龄若为虚岁，则于是年即已归国。

又，《好奇欤好色欤》谓："甲寅年十月，我到上海来，在卡德路庆安里，租了一所房子住下"就《自传》称 1915 年（乙卯）归国，疑记忆有误。

1915 年（民国四年乙卯）26 岁

1 月，《小说海》创刊于上海，编者黄山民。12 月 12 日，袁世凯宣布实行帝制，改元"洪宪"。12 月 25 日，蔡锷在云南发动"护国运动"，各省纷纷响应。

向恺然加入中华革命党江西支部，继续从事反袁活动。

7 月至 12 月，所著《拳术（附图）》（无附录）连载于《中华小说界》第 2 卷第 7 期至第 12 期，署"向恺然"。

1916 年（民国五年丙辰）27 岁

是年初，袁世凯任命之广东都督龙济光先后镇压广州、惠州反袁起义；4 月 6 日，迫于形势，宣布广东"独立"；4 月 12 日，以召开广东独立善后会议为名，诱杀护国军代表汤觉顿、谭学夔等，史称"海珠惨案"。

约于是年初，向恺然受中华革命军江西省司令长官董福开委派，赴韶关游说龙济光属下之南、韶、连镇守使朱福全起义反袁，恰遇海珠之变，身陷险境。当于六月下旬脱险。随后即应友人电召至沪，与王新命（无为）、成舍我赁屋南阳路，专事写作，卖文为生。

3 月，《变色谈》发表于《民权素》第 16 集（未完），署"恺然"。

3 至 4 月，《拳术见闻录》发表于《中华小说界》第 3 卷第 3—4 期，署"向恺然"。

5 月，《留东外史》正集一至五卷由民权出版部陆续初版发行。

8 月，《无来禅师》发表于《小说海》第 2 卷第 8 号，署"恺然"。

10 月，《朱三公子》发表于《小说海》第 2 卷第 10 号，署"恺然"。

11 月，《丹墀血》（与半侬合撰）发表于《小说海》第 2 卷第 11 号，署"恺然"。

12 月，《皖罗》发表于《小说海》第 2 卷第 12 号，署"恺然"。

同月，《拳术》由中华书局初版发行（后附《拳术见闻录》），署"平江向逵"。

按：是年 6 月 19 日，云南护国军张开儒部攻克韶关，朱福全弃城逃遁，向恺然因而脱险，与《拳术传薪录》谓："民国五年友人电招返沪"在时间上基本切合。《我个人对于提倡拳术之意见》中亦称："民国五年，友人电招返沪，复创中华拳术研究会于新闻新康里，未几因有粤东之行，事又中止。"《自传》："遇海珠事变，几遭

180

龙济光毒手。"或谓即海珠事变后遭朱福全囚禁。

王新命叙与向恺然、成舍我共同"卖文"等事颇详，包括向恺然为稿酬问题与恽铁樵"决裂"，当时与向同居之女友为"章石屏"等[10]。关于与与恽铁樵"决裂"事，经查1916—1918年《小说月报》目录，未见有"向迗"、"恺然"或"不肖生"作品，而署名"无为"者亦仅两篇。

《留东外史》正集卷数据董炳月《"国民作家"的立场：中日现代文学关系研究》；又见范烟桥《最近十五年之小说》。《变色谈》等篇刊载月份均为阴历。按：林鸥自编《旧派小说家作品知见书目》著录有《变色谈》一种，署"向恺然著"，不知出版时间及单位，详情待查。

1917年（民国六年丁巳）28岁

是年沈知方于上海创办世界书局。1月，《寸心杂志》在北京创刊，主编：衡阳何海鸣。

向恺然在沪。

1月，中华书局印行《拳术》第12版。2月，"奇情小说"《寇婚》发表于《寸心杂志》第3期，署"不肖生"。《中华新报》或于是年连载向恺然所撰《技击余闻》。

11月1日，《申报·自由谈》刊载《留东外史》"第四集"出版广告（按：这里的"第四集"当指后来称为"正集"的第四卷，下同）。

是年又曾返乡暇居，一度出任湖南东路清乡军军职，驻长沙东乡。随后当即返沪。

按：《猎人偶记》第三章云："民国六年里居多暇，辄荷枪入山，为单人之猎"；第六章："丁巳八月余任湖南东路清乡军，率直隶军一连驻长沙东乡。"返沪时间当在下半年。黄曾甫云："民国初年军阀混战时期，地方不宁，向恺然曾一度被乡人推任为清泰都保卫团团正（团副为李春琦，石牯牛人）。余幼年读小学时，曾亲见向恺然来我家作客，跨高头骏马，来往于清泰桥、福临铺之间。"王新命《新闻圈里四十年》称向恺然《技击余闻》于《中华新报》刊出后"尤脍炙人口"。据其所述时间，当在民国六年。待核该报。

1918 年（民国七年戊午）29 岁

向恺然在沪。

3 月 1 日，《申报·自由谈》刊载《留东外史》"第五集"（当指正集第五卷）出版广告。

次子振宇生于是年 2 月 25 日，字一学，号为霖。生母为杨氏夫人。

按：《江湖异人传》谓："戊午年十一月，我从汉口到上海来，寄居在新重庆路一个姓黄的朋友家里。"

向振宇，黄埔军校第 15 期毕业，1937 年入空军官校为第 12 期飞行生。1941 年 11 月赴美受训，次年归国，编入空军第四大队。曾驾机参与鄂西、常德、衡阳等七大战役，先后击落日机两架。1991 年 7 月卒于长沙。

1919 年（民国八年己未）30 岁

是年向恺然曾一度自沪返湘，与王志群创办国技俱乐部于长沙，不久返沪。

2 月，《拳术见闻录》由上海泰东图书局出版单行本，署"向逵恺然"。

4 月 1 日，长篇武侠小说《龙虎春秋》由上海交通图书馆出版，署"向逵恺然"。

按：创办国技俱乐部事，见《我个人对于提倡拳术之意见》等。《龙虎春秋》共 20 回，叙年羹尧及"江南八侠"故事。

1920 年（民国九年庚申）31 岁

向恺然在沪。《半夜飞头记》或作于是年。

按：《半夜飞头记》第一回述及友人于"四年前"曾读《无来禅师》，问是否知其故事，因而引起作者撰写本书之意向（见时还书局民国十七年第八版）。据此可推知写作时间；初版时间或即在同年，当由上海时还书局印刷发行。学界多将《双雏记》、《艳塔记》与《半夜飞头记》并列为向氏作品，实则《双雏记》为《半夜飞头记》之一续（二集，书名已在《半夜飞头记》结尾作过预告），《艳塔记》为二续（三集），另有《江湖铁血记》为三续（四集），分别出版于民国十五年（1926）10 月、十七年（1928）7 月、十八年（1929）2 月，均由上海时还书局印行。续作者为"泗水渔隐"，即俞印民（1985—1949），浙江上虞人，曾就读于绍兴府中学堂、上海吴淞中国大学；曾任武汉《大汉报》副刊助理编辑，抗战爆发后任国民政府西安行营少将参议，第一、第十战区少将秘书。《艳塔记》自序略谓："不肖生著《半夜飞头记》，久而未续，时还书局主人访余于吴下，具言不肖生事繁无间，将嘱余以蒇其事。余不治小说久矣，昔年主汉口《大汉报》时，以论政之余，间作杂稿以实篇。旋以主人之请，遂为续《双雏记》以应。兹事距今，忽忽两年矣。"

1921 年（民国十年辛酉）32 岁

世界书局改为股份公司，先后设编辑所、发行所、印刷厂，并于各大城市设分局达三十余处。

向恺然当在沪。

1922 年（民国十一年壬戌）33 岁

3 月，《星期》周刊创办于上海，编者包天笑。8 月 11 日，《红杂志》周刊创刊于上海，编者严独鹤、施济群。

顾明道《啼鹃录》、姚民哀《山东响马传》分别出版、发表于是年。赵焕亭始撰《奇侠精忠传》。

向恺然在沪。

8 月 3 日，包天笑主编之《星期》周刊第 27 号始载笔记小说《猎人偶记》第一章，署"向恺然"；9 月 10 日第 28 号载第二章；9 月 17 日第 29 号载第三章；9 月 24 日第 30 号载第四章；10 月 15 日第 32 号载第五章；10 月 29 日第 35 号载第六章。同刊 10 月 22 日第 34 号、11 月 5 日第 36 号连载《蓝法师记》（含《蓝法师捉鬼》《蓝法师打虎》两篇）。

10 月 1 日，《留东外史》续集（六至十集）由上海民权出版部出版发行。

10 月 8 日，《星期》周刊第 32 号开始连载《留东外史补》，署"不肖生"，"天笑评眉"。

是年，《聪明误用的青年》连载于《快活》杂志第 24、26、27 期，署"不肖生"。

是年向氏曾为中国晚报社编辑《小晚报》，其间初会刘百川。

按：《留东外史》续集出版时间据董炳月《"国民作家"的立场：中日现代文学关系研究》。向恺然《杨登云》（上）："记得是壬戌年的冬季。那时在下在中国晚报馆编辑小晚报，有时也做些谈论拳棒的文字，在小晚报上刊载……而刘百川也就在这时候，因汪禹丞君的绍介，与我会面的。"《小晚报》详情待查。

1923 年（民国十二年癸亥）34 岁

6 月，《侦探世界》半月刊创刊于上海，编者先后为程小青、严独鹤、陆澹安。第6期始刊姚民哀《山东响马传》。赵焕亭始撰《奇侠精忠传》。

向恺然在沪。

1月5日，《红杂志》第22期开始连载《江湖奇侠传》。

1月21日，《留东外史补》于《星期》第47号载毕，共计13章。

3月4日，《星期》周刊第50号刊载《我研究拳脚之实地练习》。

3月6日，《红杂志》第34期、第50期分别刊载短篇《岳麓书院之狐疑》《三个猴儿的故事》。

5月11日，《三十年前巴陵之大盗窟》发表于《小说世界》第2卷第6期，署"不肖生"。

6月1日（？）《侦探世界》第1期开始连载《近代侠义英雄传》，署"不肖生"。6月21日（？）第3期、7月5日（？）第4期、7月19日（？）第5期分别刊载短篇小说《好奇欤好色欤》上、下及《半付牙牌》，10月24日第10期、11月8日第11期刊载《纪杨少伯师徒遇剑客事》上、下，十一月朔日第13期、十一月望日第14期刊载《纪林齐青师徒逸事》上、下，均署"向恺然"。

7月6日，《陈雅田》发表于《小说世界》第3卷第1期，署"不肖生"。

9月14日，袁寒云发起"中国文艺协会"，向恺然参会并在同乡张冥飞介绍下与袁寒云相识。

按：《北洋画报》第8卷第355期袁寒云《记不肖生》一文云："予客海上时，曾因友人张冥飞之介识之；且与倚虹、天笑、南陔、芥尘、大雄、东吴诸子，共创文艺协会。"另据郑逸梅《"皇二子"袁寒云的一生》云："克文来沪，和文艺界人士，颇多往还。民国十二年他发起中国文艺协会，九月十四日，开成立大会于大世界之寿石山房，到者六十人，均一时名流，推克文为主席。十一月十五日又开会选举，当然克文仍为主席，余大雄、周南陔为书记，审查九人，为包天笑、周瘦鹃、陈栩园、黄叶翁、伊峻斋、陈飞公、王钝根、孙东吴及袁克文。干事二十人，为严独鹤、钱芥尘、丁慕琴、祁巚卿、戈公振、张碧梧、江红蕉、毕倚虹、刘山农、谢介子、张光宇、胡寄尘、张冥飞、余大雄、周南陔、张舍我、赵苕狂、徐卓呆等。但不久，克文北上，会事也就停止，没有什么活动了。”

9月，与姜侠魂、陈铁生等编订《国技大观》，内收向恺然所撰《我个人对于提倡拳术之意见》（见“名论类”）、《拳术传薪录》（见“名著类”）及《述大刀王五》、《解星科》（三篇）、《窑师傅》、《赵玉堂》（见“杂俎类”之“拳师言行录”）。同月，上海振民编辑社出版、交通图书馆印行《拳师言行录》单行本，列入“武备丛书”；署“杨尘因批眉，娄天权评点，向恺然订正，姜侠魂编辑”。严独鹤主编之上海《新闻报》约于是年下半年开始连载《留东新史》。

是年8月，世界书局出版《江湖怪异传》（前有张冥飞序）。

是年，世界书局出版《绘图江湖奇侠传》第一集（1—10回）、第二集（11—20回）及《近代侠义英雄传》第一集（1—10回）、第二集（11—20回）。

是年由合肥黄健六介绍，向恺然在上海居士林皈依“谛老和尚”，听讲《慈悲永忏》。

按：《侦探世界》第1至8期封面、封底均无出版月日，文中所注时间出自推算。叶洪生《近代中国武侠小说名著大系·平江不肖生小传及分卷说明》谓美国斯坦福大学胡佛图书馆藏有民国十二年世界书局原刊本《绘图江湖奇侠传》。国内曾见此版，似用刊物连载之纸型直接付印，分册装订。《国技大观》扉页署“向恺然 陈铁生 唐豪 卢炜昌著”；“名著类”中除《拳术传薪录》外又收“向恺然

186

注释"之《子母三十六棍》，该篇原出《纪效新书》，作者为明代俞庐江（大猷）。

《新闻报》1924年3月19日始载《留东新史》第26章，由此推测初载当在1923年（待核始载之确切时间）。或称不肖生又撰有《留东艳史》，写作、出版时间未详。

皈依"谛老和尚"事据向氏《我投入佛门的经过》。按："谛老和尚"当即天台宗名僧谛闲法师（1853—1932），俗姓朱，法名古虚，字谛闲。光绪十二年（1886）由上海龙华寺方丈、天台宗四十二代祖师迹瑞法师授为传持天台教观四十三世祖，叶恭绰、蒋维乔、徐蔚如等均为其居士弟子。

《近代侠义英雄传》第一集有沈禹钟序，署"癸亥秋月"。第三至八集初版时间待查。《江湖奇侠传》第三集以后之初版时间有待核查、考证，暂不列入本表系年；参见顾臻《〈江湖奇侠传〉版本研究》[11]。

1924年（民国十三年甲子）35岁

7月18日，《红杂志》出至2卷50期（总100期）停刊；8月2日，《红玫瑰》出版第1卷第1期，编者严独鹤、赵苕狂。

向恺然在沪。

1月，《变色谈》连载于《社会之花》第1—4期，署名"不肖生"。

《侦探世界》续载《近代侠义英雄传》。又，元旦第17期载短篇小说《天宁寺的和尚》，三月朔日第21期载《吴六剃头》，四月朔日第23期载《江阴包师父轶事》，四月望日第24期载《拳术家李存义的死》。四月末，《侦探世界》终刊，共出24期，第24期刊载《近代侠义英雄传》4回，其他各期每期刊出2回，共计50回。

《红杂志》续载《江湖奇侠传》。又，2月29日2卷30期、3月7日31期、3月28日34期、5月16日41期、5月25日42期、6月6日44期、6月13日45期分别刊载短篇小说《熊与虎》《虾蟆妖》《皋兰城上的白猿》《喜鹊曹三》《两矿工》《一个三十年前的死强盗》《无锡老二》。

《红玫瑰》续载《江湖奇侠传》。又，8月9日1卷2号刊短篇小说《名人之子》，9月6日6号刊《李存义殉技讹传》（为《拳术家李存义的死》正讹），10月11日11号、10月18日12号、11月15日16号、11月22日17号、12月6日19号、12月20日21号分别刊载短篇小说《神针》《快婿断指》《孙禄堂》《黥福生》《没脚和尚》《黑猫与奇案》。

6月26日，《新闻报》连载《留东新史》结束；30日始载《玉玦金环录》。

7月，世界书局出版《留东新史》3册，共36章。

按：《名人之子》为短篇社会小说，正文署"向恺然"，题下有赵苕狂按语云："向君别署不肖生，素以武侠小说著称于世，兹乃别开生面，以此社会短篇见贶。绘影绘声，惟妙惟肖，绝妙一回官场现形记也。读者幸细一咀嚼之。苕狂附识。"《留东新史》出版时间据董炳月《"国民作家"的立场：中日现代文学关系研究》。

1925年（民国十四年乙丑）36岁

向恺然在沪。

《江湖小侠传》由世界书局出版发行。

《红玫瑰》1月17日1卷25号、2月7日28号、2月28日31号、3月28日35号、4月4日36号、4月11日37号、4月18日38号、5月23日43号、6月6日45号分别刊载短篇小说《恨海沉冤录》、《傅良佐之魔》、《侠盗大肚皮》、《无名之英雄》、《秦鹤岐》、《绿林之雄》（上下）、《三掌皈依记》、《何包子》。

5月1日，《新上海》第1期开始连载《回头是岸》，署"不肖生"，至1926年第3期共载七章半。

5月，陈微明设"致柔拳社"于上海，向恺然从之习练杨氏太极拳数月；适王志群来沪，又从之习吴氏太极拳。

按：《江湖小侠传》有初版广告见《红玫瑰》2卷1期。《练太极拳之经验》："到乙丑年五月，幸有一位陈微明先生从北京来到上海"，设立致柔拳社教授太极拳，乃得初习数月。而《近代中国武侠小说名著大系》所收《我研究推手的经过》则谓"一九二三年在上海从陈微明先生初学太极拳"，"一九二三"当为"一九二五"之误。陈微明（1881—1958），湖北蕲水人，曾举孝廉，任清史馆编纂。先从孙禄堂习形意拳、八卦掌，后从杨澄甫习太极拳。著有《海云楼文集》《太极拳讲义》等。

1926年（民国十五年丙寅）37岁

是年7月，国民革命军分三路从广东正式开始北伐。9月10日，国民革命军第八军（军长唐生智）所部刘兴第四师占领湖北孝感，廖磊时为该师第三团团长。

向恺然在沪。

6月1日，《江湖奇侠传》第86回在《红玫瑰》2卷32号载完，编者在"编余琐语"中宣告：不肖生之《江湖奇侠传》共86回，本期业已登完。现请其接撰《近代侠义英雄传》，以备本刊第3卷之用。但3卷1号所载为《江湖奇侠传》之87回，仍系向恺然手笔。6月，世界书局印行之《江湖奇侠传》或已出至第九集（79—86回）。

6月6日，《上海画报》第118期发表《郴州老妇》，署"向恺然"。其"后记"为"炯"所撰识语，云："向恺然先生别署不肖生，技击之术，为小说才名所掩。兹篇（系）愚丐张冥飞先生转求得之者，所述又为武侠佚闻，弥足珍焉。"

同年，上海《新闻报》连载《玉玦金环录》结束（该书连载稿酬为千字4.5元），后由中央书店印行，改名《江湖大侠传》。

《红玫瑰》2月14日2卷17号、3月13日21号、7月7日37号、7月14日38号、7月21日39号、8月5日41号、8月12日42号分别刊载短篇小说《癞福生》、《梁懒禅》、《至人与神蟒》（上下）、《甲鱼顾问》、《杨登云》（上下）。

是年大东书局出版《留东外史补》。

是年撰成《近代侠义英雄传》第51回至第65回。

按：刘兴部占领孝感之后又曾出击广水、武胜关、汀泗桥，占领汉口；10月奉命留两湖整训。

1927年1月之《新闻报》已无《玉玦金环录》，是知连载结束于1926年。稿酬据向晓光所藏新闻报馆民国十五年二月六日致向恺然函原件。

大东书局出版《留东外史补》之时间据董炳月《"国民作家"的立场：中日现代文学关系研究》，待查此版是否初版。

《红玫瑰》所载《江湖奇侠传》回序、回目与后来印行之各种单行本回序、回目不尽相同，参见顾臻《〈江湖奇侠传〉版本研究》。《红玫瑰》3卷1号所载第87回开头有"因此重整精神，拿八十七回以下的《奇侠传》与诸位看官们相见"之语，正文文风亦与前相似，故论者多认为此回与88回仍属向氏手笔。世界书局所印《江湖奇侠传》第十至十一集，版权页所标印行时间与第九集同为是年6月，由于此二集涉及"伪作纠纷"，所署时间是否真实待考。参见顾臻《〈江湖奇侠传〉版本研究》。

《近代侠义英雄传》第51回末陆澹庵评语："著者前撰此书，仅五十回，即已戛然而止，读者每以未睹全豹为憾，今乘暇续成之。"同书第66回开头正文则谓："这部侠义英雄传，在民国十五年的时候，才写到第六十五回。"均指51回至65回写于《侦探世界》终刊之后。

1927年（民国十六年丁卯）38岁

2月3日，唐生智第八军扩编为第四集团军，原第四师扩编为第三十六军，军长刘兴；下辖第一师师长为廖磊。4月12日，上海发生反革命政变，国共、宁汉正式分裂。4月18日，武汉国民政府誓师继续北伐，三十六军挺进豫、皖。8月，唐生智通电讨蒋；9月，三十六军沿长江南岸进至芜湖，进驻东西梁山。10月，南京政府决定讨伐唐生智，唐退守湖南，三十六军失利西撤。11月，唐生智下野，三十六军退守湖南长沙、平江、浏阳、金井一线。

向恺然当于2、3月间离沪，就任三十六军军部中校秘书，随军驻湖北孝感。曾建议第一师师长廖磊在天后宫设立军民俱乐部，开展文体活动，敦进军民情谊。8月以后当随军往返于鄂、皖、湘。

是年二月二日（阳历3月5日），《红玫瑰》第3卷第7号续载《江湖奇侠传》第88回毕。编者在"编余琐话"中宣告："不肖生到湖南做官去了，一时间没有工夫撰稿。《江湖奇侠传》只得暂停数期。"此后该刊续载者当皆系伪作。九月，中央书店印行《玉玦金环录》。

按：向恺然在孝感事迹据《向恺然逸事》[12]，然该文所述时间及部分细节与史实不符。本《年表》所记刘兴部进驻孝感时间、番号变动情况等，均以其他历史文献为依据。又《孝感市志·大事记》：是年5月6日，中共孝感县特别支部发起举行"倒蒋演讲大会"，"国民革命军第四师十七团宣传队"曾与会并发表演讲（按：

"第四师"或指刘兴部队旧番号，时已扩编为三十六军，该师或即指廖磊师）；6月30日，国民党极右分子会同土劣进入县城，勒缴农民自卫军枪支，驻军第三十六军第一师及教导团占领县党部、农协、妇协及总工会驻所，史称"湖北'马日事变'"[13]。可知廖磊部（或包括三十六军其他部队、机构）在此期间确仍驻扎于孝感，撤离时间或在8月。

1928 年（民国十七年戊辰）39 岁

是年初，刘兴率三十六军撤至溆浦。在李宗仁压力之下，刘兴辞去军职，闲居上海，廖磊接任三十六军军长，部队受桂系节制。4月5日，蒋介石誓师"二次北伐"，白崇禧率三十六军再沿京汉路进军豫、冀，9月10日攻占唐山、开平。11月19日第四集团军缩编，三十六军缩编为第十师，廖磊为师长，仍驻开平。

向恺然随军进驻天津附近之开平。其间或曾挂职于天津特一区区署及市政府。

据《江湖奇侠传》相关内容改编，由张石川执导、明星公司发行之电影《火烧红莲寺》在沪上映；其后连续拍摄至18集，掀起武侠影片摄制热潮及武侠文艺热潮。

7月17日，《红玫瑰画报》第6期（非卖品）刊出《江湖小侠传》《侠义英雄传》《江湖奇侠传》广告。

9月4日，《红玫瑰画报》第8期刊出《留东外史》广告。

按：向氏挂职天津政府机关一事，当与时任天津特别市政府参事之黄一欧（黄兴之子）有关。详见1929年《北洋画报》8月6日所载亦强《不肖生生死问题》及8月8日所载袁寒云《记不肖生》二文。电影《火烧红莲寺》又有第19集，为香港所摄制。

1929 年（民国十八年己巳）40 岁

是年初，廖磊部或已进驻北平。3 月，唐生智与蒋介石合作倒桂，刘兴潜回旧部，逼走白崇禧，率部参与蒋桂战争。

顾明道《荒江女侠》开始连载。

向恺然当于是年初随廖磊部进驻北平，随即辞去军职。8 月间，随黄一欧赴津。同年夏秋间，受聘为沈阳《辽宁新报》特约撰述员，为该报撰长篇武侠小说《新剑侠传》。在北平时，曾从许禹生、刘思绶研习太极推手；又曾会见太极拳发源地河南陈家沟陈氏太极第四代传人陈积甫，考察陈、杨两派拳术异同。

同年，《现代奇人传》一册由世界书局出版发行。

3 月 24 日，《上海画报》第 450 期所载《小报告》（署名"网"）称："小说名家向恺然先生，近年在湘中任军法官，昨世界书局得讯，先生已归道山矣。"4 月 3 日，上海《晶报》亦刊出不肖生"物故"消息。包天笑化名"曼奴"在该报发表《追忆不肖生》，其他报章亦有追挽文字跟进。7 月 21 日，《晶报》载张冥飞文，称不肖生在津沽。随后《琼报》《滩报》发表谴责赵苕狂冒名续写《江湖奇侠传》之文字，而平、津报章亦因《辽宁新报》预告刊载《新剑侠传》而发生不肖生存殁之争。8 月 3 日、6 日、8 日，《北洋画报》发表亦强《不肖生生死问题》《关于不肖生之又数种消息》及袁寒云《记不肖生》三文，证实向恺然确实曾在天津。

8 月 15 日，《北洋画报》刊出向恺然致该社社长冯武越函及近照一张，谣言遂息。

8 月 18 日，《上海画报》第 498 期，刊出署名"耳食"的《不肖生不死》一文，说"前年盛传向君已作古人，兹据北平友人函称，则向君目前确在北平头发胡同甲一号第十三师办公处，已投笔从戎矣！"同期所载《重理书业之不肖生》（署名"悄然"）则云："不肖生向恺然君，自游幕湘南后，沪上曾一度传其已死，实则向已随李品仙部至北平，向寓在西城头发胡同甲一号，唯以随军关系，既不大与外间通问，且不愿以真相示人耳。近闻向已辞去军队生活，而重整理笔墨生涯，其第一步即为沈阳《辽宁新报》撰《新剑侠传》。"

另据《平襟亚函聘不肖生》（刊于 1929 年 8 月 21 日《上海画报》第 499 期，署名"俞俞"）云："前此途中为匪戕害云云，特东坡海外之谣耳［张其锽（子午）杨毓瓒（瑟君）皆死于匪，向先生被戕之谣，殆即由此传误）。向先生尝致《新闻报》严独鹤先生一书，声明死耗之不确，又询《江湖奇侠传》九集以后之续稿，并谓可以继续为《快活林》撰著，平襟亚先生闻讯，急函约向先生到沪，为中央书店撰小说。每月交□万字（原稿漏字）］，致酬五百金，订约一年，款存银行保证，暂时不得更为它家作何种小说云。"其间还涉及向恺然与世界书局、时还书局的版权纠纷。

父国宾公卒于是年。

按：向恺然在《练太极拳的经验》中曾说："戊辰七月，我跟着湖南的军队到了北京，当时北京已改名北平。"戊辰七月即 1928 年 8 月 16 日至 9 月 14 日，而三十六军 9 月 10 日方攻占开平，故文中"戊辰"疑为"己巳"之误，月份是否有误待考。练习、考察太极拳事，见《我研究推手的经过》等文。是年，《红玫瑰》第 5 卷第 20 号刊出《江湖奇侠传》十一集本及《现代奇人传》出版广告。《江湖奇侠传》第十集与第十一集均系伪作，涉嫌侵犯向恺然著作权。关于"物故"谣言及上述著作权纠纷，向为霖在《我的父亲平江不肖生》中亦曾叙及。下述资料较清晰地勾勒出了相关细节：

据《世界书局迎向记》（刊于 1929 年 9 月 12 日《上海画报》第 506 期，署名"耳食"）短讯称："听说向恺然先生从北平写信到上海世界书局，提出一个小小交涉，就是《江湖奇侠传》要从第十集重新做过，沈老板大为赞成，赶忙托李春荣君亲自赴平，答应向君的要求，并且要请他结束全书。"又，短讯《快活林将刊不肖生著作》（刊于 1929 年 9 月 27 日《上海画报》第 511 期，署名"重耳"）则谓："向现仍拟在沪重理笔墨生涯，其开宗明义之第一声，将在《新闻报》上之《快活林》露脸，以《快活林》编者严独鹤君，与向素有交谊，且甚钦佩向君之笔墨也。惟《快活林》之长篇小说，俟《荒江女侠》登完后，尚有徐卓呆和张恨水二君之小说，预计在本年度内，无再登他人小说之可能，故向君现特先撰《学习太极拳之经过》短文一篇，约五六千字，其中关于太极拳之派别及效用，均详述靡遗，极富趣味，不日即将刊载。"11 月，《上海画报》第 524 期（1929 年 11 月 6 日）所刊《向恺然返湘省亲记》（"振振"自北平寄）称："其尊人忽抱沉疴，得电匆匆，即行就道。"另，《上海画报》528 期（1929 年 11 月 18 日）所刊《向恺然起诉时还书局》（署名"平平"）称："世界书局以八千元了结《江湖奇侠传》版权纠纷事宜；向恺然就《半夜飞头记》署名问题起诉时还书局。"起诉时还书局之结果未详。

1930 年（民国十九年庚午）41 岁

是年 3、4 月间，电影《火烧红莲寺》第十一集"因取材偶不经心，致召上海市党部电影检查委员会取缔"（明星公司《普告国内外之欢迎〈红莲寺〉者》）。5 月 14 日，"片经特别市检查会检许"，恢复公映。

向恺然约于 3、4 月间自北平返沪，继续其写作生涯。

3 月 18 日，上海《新闻报》副刊《快活林》始载向恺然《练习太极拳的经验》，4 月 20 日载完。此文主要总结在北平习研太极拳之心得、见闻，后收入陈微明所编《太极正宗》，列为第七章，题目改为《向恺然先生练习太极拳的经验》。

按：据4月24日《上海画报》第579期所刊《不肖生来沪》（记者）称："小说界巨子平江向恺然先生，著作等身，文名藉甚，近已偕其眷属来沪，暂寓爱多亚路普益公报关行，刻方卜居适宜之地。"

又据是年3月28日《新闻报·快活林》刊载陈微明《一封书证明事实·陈微明致向恺然》云："数年未见，每于友人中探兄踪迹，近始知在北平研究太极拳"，"闻兄仍作文字生涯，其境况可知，何不仍南来一游乎？"可知向氏返沪当在3、4月间。

关于《火烧红莲寺》第十一集遭取缔的时间，据明星公司《普告国内外之欢迎〈红莲寺〉者》文（附载于中央大戏院为该片第十二集上映而在是年7月5日《新闻报》上刊发的广告）推定。文中又说："（遭取缔后）嗣经本公司略具呈文，陈明中国影业风雨飘摇之苦况及《红莲寺》关系国片存亡之实情……差幸检会体恤商艰，业已准如所请。"经查，该片第十集上映于同年2月20日前后，第十一集既已于5月14日经"检会"允许公映，可知知遭禁当在3、4月间。

1931年（民国二十年辛未）42岁

7月15日，国民政府"内、教二部电影检查委员会"依据反对"提倡迷信邪说"之宗旨，在第十一次委员会议上又决议禁止播映《火烧红莲寺》，并吊销已换发之该片第十三至十八各集执照。

向恺然当于是年撰成《近代侠义英雄传》第66至84回。

按：《近代侠义英雄传》第66回："这部侠义英雄传，在民国十五年的时候，才写到第六十五回，不肖生便因事离开了上海，不能继续写下去；直到现在整整五年，已打算就此中止了。""不料近五年来，天假其便居然在内地谋了一桩四业不居的差使；可以不做小

196

说也不致挨饿，就乐得将这支不健全的笔搁起来。……想不到竟有许多阅者，直接或间接写信来诘问，并加以劝勉完成这部小说的话。不肖生因这几年在河南直隶各省走动，耳闻目见的又得了些与前八集书中性质相类似的材料；恰好那四业不居的差使又掉了，正用得着重理旧业。"四业不居的差使"当指所任军职。亦不排除上年业已开始续撰之可能。

关于本年以及 1932 年、1937 年、1938 年《火烧红莲寺》禁映或开禁的情况，均据顾倩《国民政府电影管理体制（1927—1937）》一书第十四章第四节。"内、教二部电检会"为中央级的电影管理机构，正式成立于是年 3 月，由内政部（含警务系统）和教育部联合组成。

1932 年（民国二十一年壬申）43 岁

2 月，湖南省政府主席何键于长沙创办湖南国术训练所，所址设于皇仓湾武圣宫内，首任所长万籁声；5 月，万籁声离任，何键亲自兼任所长。10 月 1 日至 5 日，湖南省第二届国术考试在长沙举行。

7 月，天津《天风报》开始连载还珠楼主（李寿民）所撰《蜀山剑侠传》。

8 月，明星公司呈文内、教二部"电检会"，列述摄制《火烧红莲寺》本意不在提倡迷信邪说诸情，请求重捡、弛禁。获准，遵命改名《红莲寺》，修改不妥内容，重领执照。然而，随之又接警字137 号令，谓据《出版法》，小说《江湖奇侠传》业已查禁，《红莲寺》执照仍应吊销。虽经公司再次力辩该片仅前二集取材于小说，其他各集皆与小说无干云云，陈情仍被驳回。

是年向恺然离沪返湘，居长沙学宫街希圣园，于何键兼任国术训练所所长后出任该所秘书，主管所务。取得友人吴鉴泉、杜心五、王润生、柳惕怡等支持，以顾如章为总教官，刘清武为教务主任，加聘范庆熙、王荣标、范志良、纪授卿、常冬生、白振东等为教官；以李肖聘为国文教员，柳午亭为生理卫生教员。所内南北之争消弭，全所面貌一新。10 月派出学员参加省第二届国术考试，取得优异成绩。

是年 3 月，世界书局出版《近代侠义英雄传》第九至十二集（66—84 回）。

按：国术训练所创办时间据《湖南武术史》[14]。向恺然《自传》："民国二十一年回湖南办国术训练所及国术俱乐部，两次参加全国运动会，湖南省皆夺得国术总锦标。"（《长沙文史》第 14 辑所载肖英杰《湖南省国术馆始末——解放前的湖南武术界》一文谓国术训练所创办于 1931 年。互联网所载《湖南国术训练所掌故》一文跟帖或谓 1929 年冬万籁声即应聘入湘就任所长；关于万氏离湘时间，又有 1932 年 7 月、1933 年 7 月诸说，似均不确。）湖南省第二次国术考试时间据《湖南武术史》（第一次为 1931 年 9 月 27—29 日）。

岳麓书社版《近代侠义英雄传》之底本即世界书局 1932 年本，然被删去第 15 至第 19 回及第 65 回、第 67、68 回共计 9 回文字，导致文献残缺，殊为可惜。

1933 年（民国二十二年癸酉）44 岁

10 月 20 日至 30 日，中央国术馆于南京公共体育场举办全国第二届国术考试。

向恺然在国术训练所任秘书。10 月，派出选手多人参加全国国术考试，获得优异成绩。

《湖南省第二届国术考试汇刊》出版，内收向恺然《提倡国术之贡献》《妇女界应积极提倡国术》《写在国术考试以后》《我失败的经验》四文。

是年秋，《金刚钻月刊》第 2 期以《论单鞭》为题，刊载 1924 年（甲子）春季陈志进与向恺然来往书信三通。

按：第一次全国国术考试举办于 1928 年 10 月。《金刚钻月刊》编者施济群在《论单鞭》之前加有按语云："甲子春，余方为世界书局辑《红杂志》，陈君志进以书抵余，嘱转向君恺然，讨论太极拳中之单鞭一手。盖当是时有某书贾者，发行《国技大观》一书，贸然列向君名，丑诋单鞭无实用，陈君乃作不平鸣。迨鱼雁数往返，始悉《国技大观》一书，非向君所辑，然则向君之受此夹气，非向君始料所及也。岂不冤哉！癸酉仲秋编者识。"文末复按："陈、向二君，素昧平生，因此一度之笔战，乃成莫逆交。语云：'不打不成相识。'信然。今陈、向二君俱在湖南主持国术分馆教授事，倘重读当年讨论单鞭数书，怅怅之色，溢于言表，必哑然自笑也。"

1934 年（民国二十三年甲戌）45 岁

1 月，竺永华出任国术训练所所长，建议何键于长沙又一村成立国术俱乐部。何自任董事长，竺任总干事长，下设总务、宣传、游艺、教务四股。

向恺然兼任国术俱乐部秘书，同时兼任高级班太极拳教员。端午节前，太极名家吴公仪、公藻兄弟应邀抵湘，就任国术俱乐部教员。向恺然主持欢迎仪式，有合影留存，题曰摄于"蒲节前一日"。

是年秋，王志群返湘，向恺然与之相聚三月，晨夕探讨太极拳。

在向恺然主持、筹划下，国术俱乐部之建设以及活动之开展颇见成效，拥有礼堂、演武厅、国术大操场、射箭场、摔跤场、弹子房、民众剧院等设施，组织、推广文体活动，贡献颇多。

是年，向氏撰《赵老同与尤四喇嘛》，连载于《山西国术体育旬刊》第 1 卷第 1、2 期；《三晋武侠传》，连载于同刊第 1 卷第 3、4、5 期（前两期署"肖肖生"，第 5 期署"不肖生"）；《国术名家李富东传》，载于第 1 卷第 7、8 期合刊；《霍元甲传》，连载于第 6 期及 7、8 期合刊。

母王氏太夫人卒于是年阳历 2 月 28 日。

按：与王志群重聚事，见《太极径中径》。《赵老同与尤四喇嘛》等篇多与《近代侠义英雄传》互文。

1935 年（民国二十四年乙亥）46 岁

10 月 10 日至 20 日，第六届全国运动会在上海举行。

向恺然在国术训练所、国术俱乐部任秘书职。以国术训练所学员为主之湖南省国术队女子组荣获全国运动会总分第一名。

6 月，长沙裕伦纸业印刷局印行吴公藻《太极拳讲义》，向恺然为之作序，以答客问方式阐释太极拳精义。

按：《太极拳讲义》序末署"民国二十四年六月平江向恺然序于湖南国术训练所"。

1936 年（民国二十五年丙子）47 岁

何键改湖南省国术训练所为湖南省国术馆。10 月，第六届华中运动会在长沙举行。

向恺然受何键之命，与竺永华专任国术俱乐部事务。湖南省男、女武术队分别荣获第六届华中运动会武术总分第一名。

原配杨氏夫人卒于是年 8 月 25 日。

按：专任国术俱乐部事等据《湖南武术史》。

1937 年（民国二十六年丁丑）48 岁

7 月 7 日卢沟桥事变，抗日战争全面爆发。7 月 18 日，长沙市政府、国术俱乐部等九团体于又一村国术俱乐部召开会议，决定成立"长沙人民抗敌后援会"，24日改称"湖南人民抗敌后援会"，后又改称"湖南人民抗敌总会"。廖磊率部驻皖，9、10月间，以陆军上将衔出任第十一集团军总司令兼第七军团军团长。11月12日，上海沦陷。11月27日，新任湖南省主席张治中宣誓就职，何键调任内政部长。

向恺然任国术俱乐部秘书，积极参与抗敌后援等爱国活动。

电影《火烧红莲寺》在"孤岛时期"之上海经"中央电检会"办事处重检，获通过，但又在工部局电检会受阻。

按：向一学《回忆父亲一生》[9]称：向恺然时曾接待、安排田汉、熊佛西率领之抗日宣传队演出及徐悲鸿绘画展览等活动。

上海沦陷之后，城市中心为公共租界中区、西区和法租界，日军未能进入，因而形成四周都是沦陷区的独立区域，史称"孤岛"。国民政府在"孤岛"仍拥有治权，当时内、教二部电检会已被"中央电检会"取代，该会在沪留有办事处。

1938年（民国二十七年戊寅）49岁

1月23日，张治中改组省国术馆，原副馆长李丽久升任馆长，任郑岳为副馆长。2月，日机开始轰炸长沙等地。5月，湖南各县成立抗日自卫团。6月7日，第五战区司令官兼安徽省主席李宗仁迁省会于大别山区立煌县（今金寨县）。廖磊奉令驻守大别山，以第二十一集团军总司令身份兼任第五战区豫鄂皖边区游击总指挥，9月27日出任安徽省主席，10月8日兼任省保安司令。11月，日军攻长沙，国军撤退时放火烧城。

向恺然当于是年受廖磊之邀，往安徽立煌县出任第二十一集团军总办公厅主任兼省府秘书；同往之武术界人士包括白振东、粟永礼、时漱石、黄楚生、刘杞荣等。不久，嘱侄孙向次平于返湘时接成佩琼到立煌。是年秋，与成佩琼在立煌结婚，婚礼由第二十一集团军政治部主任胡行健操办。

是年中央书局印刷发行《玉玦金环录》之改名本《江湖大侠传》，署"襟霞阁主人精印""大字足本"，列入"通俗小说文库"，前有范烟桥序及陈子京校勘后序。

上海工部局电检会亦对《火烧红莲寺》开禁，第十八集终于在"孤岛"正式上映。

按：廖磊就任安徽省主席时间据《中华民国史事日志》[15]等，《金寨县志·大事记》作 10 月 24 日[16]。向恺然所任职务据《湖南省文史馆馆员传略》，此外又有"顾问""参议"诸说。成佩琼，婚后改名"仪则"，原籍湖南宁乡，生于民国八年（1919）1 月 6 日。初中毕业后考入国术训练所女子师范班，主学太极拳；毕业后任益阳信义中学体育教师。向斯来 2010 年 12 月 2 日致徐斯年函云："1937 年卢沟桥事变，母亲回到国术训练所。不久，父亲应二十一集团军总司令廖磊的邀请，前往安徽任职总办公厅主任。父亲去安徽时，从国术训练所带了一些男学员随同前往，在廖磊部任职。后来又派他侄孙向次平（曾在行政院任过职）来长沙，说向主任派他来接母亲前往安徽安排工作。当时母亲与父亲只是师生关系，兵荒马乱的年代，工作不好找，有这样的机会，就跟向次平去了。到安徽后，父亲托人向母亲求婚（父亲元配杨氏已于 1936 年去世），母亲考虑父亲比她大 20 多岁，开始没有同意。父亲先后派了唐生智内侄凌梦南、参谋长徐启明、副官处长罗敏、政治部主任胡行健等人，轮番给母亲说媒，做工作，母亲终于同意了。1938 年秋，由政治部主任胡行健操办婚筵，为我父母举行了结婚仪式。"向一学《回忆父亲一生》称："因日机轰炸长沙，全家搬回老家东乡苦竹坳樊家神。

父亲在福临铺抗日自卫团当副团长……后来随桂系廖磊去安徽。"黄曾甫《平江不肖生为何许人》称："1938年长沙大火前，敌机时来侵扰，向恺然携眷下乡，住在长沙县竹衫铺樊家神（在麻分嘴附近）老家。在乡人士组织福临乡自卫团，又推举向恺然任副团长，他招来一批国术训练所的学生，在乡下训练。"经查《湖南抗日战争日志》[17]，"湖南民众抗日自卫总团"由张治中兼任团长，下设区团部，由各区保安司令兼任团长；县设县团部，由县长兼任团长；乡（镇）设大队部，由乡（镇）长任大队长。福临铺为镇，向恺然若任该职，当为福临铺抗日自卫团之副大队长。向斯来2010年12月2日函则云："母亲回忆，抗战爆发后，父亲即随廖磊去了安徽，并没有在长沙出任过长沙县抗日自卫团副团长，一直从事文字和武术工作。此事母亲记得很清楚，因为卢沟桥事变后，她就从益阳回到了长沙（的）省国术训练所。对父亲行止比较清楚。"上述两说，以向一学、黄曾甫说为是。

1939年（民国二十八年己卯）50岁

10月23日，廖磊因脑溢血逝世，追赠陆军上将，葬立煌县响山寺。

向恺然在立煌。殆于是年（或上年？）访刘百川并初识觉亮和尚（"胖和尚"）于六安，又识画僧懒悟（"懒和尚"）于立煌。

女斯来生于是年12月某日，生母为三配夫人成仪则。

按：向恺然《我投入佛门的经过》："我学佛得力于一位活菩萨，那位活菩萨是谁？是六安大悲庵的胖老和尚。这和尚在大悲庵住了五六十年，七八十岁的六安人，都说在做小孩的时候便看见这胖老和尚，形貌举动就和现在一样。凡是安徽的佛教徒恐怕没有不知道他的。他的法名叫觉亮，但是少有人知道，他在大悲庵几十年的行持活动，写出来又是一部好神话小说。不过他是一个顶怕麻烦的人，我不敢无故替他惹麻烦。"向氏与此僧交往之确切时间、过程待考。成仪则《忆恺然先生》："住在六安县的刘百川老师，是全国著名的武术家。此时困住家乡，一筹莫展。恺然先生访知后，和二十一集团军总司令廖磊乘视察军情之机，途经六安，会见了刘百川老师。老友相逢，倍加欢喜。刘百川对恺然先生的事业深表赞同，于是便同来立煌，住在我家。恺然先生向廖磊详细介绍刘的武术及为人，建议安排他的职务。廖磊当时是总司令兼安徽省主席，欣然接受了这一建议，将刘安排在安徽省政府任参议一职。"[18] 姑将访刘百川及初会胖和尚均志于本年。朱益华《五档坡的大玩家》："抗日战争时期懒悟应弘伞法师邀请到金寨（当时叫'立煌'）小灵山。这时候曾经以写《江湖奇侠传》而轰动一时的向恺然，应安徽省主席的邀请来到金寨。向恺然与懒悟一见如故，并写了一副对联送给懒悟。联文是'书成蕉叶文犹绿，睡起东窗日已红。'懒悟很喜欢，抗战胜利后携回迎江寺，挂在他的画室里。"[19] 按：懒悟即懒和尚，河南潢川人，俗姓李。生年未详，卒于1969年。以书画闻名于世，属新安画派，称"汪采石、黄宾虹后第一人"。迎江寺在安庆（当时已沦陷）。向恺然初会懒悟之时间待考，亦姑志于本年。向斯来，谱名振来。

1940 年（民国二十九年庚辰）51 岁

1 月 11 日，李品仙继任安徽省长。

向恺然在立煌。

1941 年（民国三十年辛巳）52 岁

向恺然在立煌。

女斯立当生于是年。生母为三配夫人成仪则。

按：向斯立，谱名振立。其身份证生日为 1942 年 2 月 14 日，向晓光谓实际出生时间早于是年。而向斯行身份证上生年亦为 1942 年，可知斯立当生于 1941 年。

1942 年（民国三十一年壬午）53 岁

是年春，经教育部批准，安徽省临时政治学院改建为安徽省师范专科学校。12 月底，日军突袭并占领立煌，大肆烧杀，于次年初撤退。

向恺然在立煌。

12 月，广益书局出版《龙门鲤大侠》一册，署"向恺然著"。

子斯行生于是年 8 月 21 日。生母为成仪则夫人。

按：向斯行，谱名振行，卒于 2008 年。《龙门鲤大侠》未见原书，书目所录出版时间为"康德八年"即 1942 年，疑印行于东北沦陷区。

1943 年（民国三十二年癸未）54 岁

安徽师范专科学校升格为安徽学院。

向恺然以省府秘书兼任安徽学院文科教授当始于是年。

女斯和生于是年 12 月 27 日。生母为成仪则夫人。

按：安徽学院后与原安徽大学合并重组，重建安徽大学（时在 1949 年 10 月）。向斯来 2010 年 12 月 2 日函称："父亲在立煌县任二十一集团军总办公厅主任时，兼任安徽大学（按：对照《自传》及相关文献当为安徽学院）教授，教古典文学，每周去授课一天，上午两节课，下午两节课。持续时间大约一年多。"向斯和，谱名振和。

1944 年（民国三十三年甲申）55 岁

向恺然在立煌。奉派以省府秘书身份会同定慧禅师领修被日寇焚毁之响山古寺。《太极径中径》或撰于是年。

按：金寨县政府网 2009 年 4 月 28 日发布《响山寺》简介云："1943 年元旦，日寇犯境，寺被焚毁，荡然无存。1944 年安徽省府为恢复寺庙，派秘书向恺然会同禅师定慧领修，历时 8 个月，于 1945 年建成。"《太极径中径》写作时间据该篇内文推测。此文见于刘杞荣《太空拳》一书（湖南省新华印刷厂 1997 年印行），此前曾否公开发表待查。又，同书另收向恺然《湖南武术代有传人》一文，当作于 1949 之后，未知确切时间。

1945 年（民国三十四年乙酉）56 岁

抗战胜利。安徽省政府由立煌迁至合肥。

向恺然督修之响山寺完工，计重建瓦屋 30 间，分为一宅三院。其左后方为廖公祠、墓（祀廖磊），右为忠烈祠（祀桂系阵亡将士）。

按：响山寺完工资料据金寨县政府网。1947 年 12 月 10 日《纪事报》所载《名小说家平江不肖生匪窟脱险经过》谓：向氏督修之三大工程为"廖公祠、昭忠祠、胜利纪念塔"，而 1947 年 9 月尚"未竣"。《纪事报》所载文当据传闻而写，所叙督修时间及事实或有不确之处。成仪则《忆恺然先生》亦曾说及抗战胜利后督修响山寺及胜利纪念塔，而胜利纪念塔不见载于金寨县志及政府网。

1946 年（民国三十五年丙戌）57 岁

华中军政长官白崇禧在合肥宣布撤销第十战区，于蚌埠设立第八绥靖区，夏威任司令长官。

向恺然应夏威之邀，赴蚌埠佐其戎幕，出任少将参议，主办

《军声报》。2 月，安徽省政府教育厅编印之《新学风》创刊号刊载向恺然所撰《宋教仁、杨度同以文字见之于袁世凯——〈革命野史〉材料之一》；该刊第 2 期列向恺然为特约编撰。是知其时已开始构思、撰写《革命野史》。

6 月，上海广益书局出版《太湖女侠传》一册，署"向恺然、许慕羲合作"。

按：任少将参议等事据《湖南省文史馆馆员传略》。《军声报》，民国三十五年（1946）由第八绥靖区政训部创办，社址设于蚌埠华丰街 10 号，日出对开一大张，次年停办。叶洪生编《近代中国武侠小说名著大系》之《近代侠义英雄传》《江湖奇侠传》卷首《平江不肖生小传及分卷说明》谓：《革命野史》"原称《无名英雄》"，曾以《铁血英雄》之名"发表于上海《明星日报》"。待核实。《太湖女侠传》未见原书。

1947 年（民国三十六年丁亥）58 岁

9 月 2 日，中国人民解放军晋冀鲁豫野战军（即二野）三纵八旅占领立煌县城。

向恺然时在立煌，因即被俘。审查期间二野民运部长史子云曾建议向恺然赴佳木斯高校任教，向因"家庭观念太重"而未允。解放军遂礼遇而释放之，并开具通行证，乃携眷经六安转赴蚌埠。

按：是年 12 月间，国民党军与二野二纵在立煌展开拉锯战。次年 2 月下旬，二野主力转移。直至 1949 年 9 月 6 日，中国人民解放军二十四军七十一师二一三团占领金家寨后，立煌县方正式宣告解放。1947 年 12 月 10 日《纪事报》所刊《名小说家平江不肖生匪窟脱险经过》谓：向氏于 9 月 3 日被俘，在"古碑冲的司令部中"接受审查，"八天"之后获释。所述其他情节与下文所引向氏自述、向斯来函所述基本一致，"史子云"则误作"史子荣"，"民运部长"误作"行政部长"。湖南省文史馆所藏向恺然 1953 年致"李部长"（当为时任湖南省委宣传部长之李锐）函云："1947 年在安徽遇二野民运部长史子云和八纵队政治部许主任，他们都是读过我所作小说的。他们对我说，我的小说思想与他们接近，一贯的同情无产阶级，不歌颂政府，不歌颂资产阶级，并说希望我到佳木斯去当大学教授。我自恨家庭观念太重，那时已有五个小儿女，离开我便不能生活，不愿接受他的希望，于今再想那样认识我的人便不易得了。"向斯来 2010 年 12 月 2 日函谓："经我与母亲及妹妹们回忆"，父亲被俘"是 1947 年秋天的事，刘邓大军进军大别山后发生的。当时父亲被带走了一个星期，回来后告诉我母亲，新四军对他很好。说他很坦白，有什么说什么；思想先进，和共产党能够合拍；又是文化人，共产党队伍里很需要他这样的人，动员他加入共产党，随部队到东北佳木斯去。父亲一生没参加过任何党派，虽然在廖磊部做事，也并没有加入国民党。父亲对新四军说，他可以随部队去东北，但是，家有妻室儿女大小六人，而且子女年龄都很小，要去得带家属一起去。新四军答复说，战争年代，家属不能随军，但是，蚌埠设有留守处，家属可以留在蚌埠。父亲回复说，此前他之所以没有随二十一集团军去蚌埠，留在立煌没走，自己讨点事做（负责建胜利纪念塔），就是因为孩子都小，走不了。如果家属不能随军，他一个人去东北会放心不下。因此只能答应新四军说，他回湖南后，将来贵军解放长沙，他一定出城三十里迎接。1949 年，父亲与程潜等国民党高级将领一起，在长沙签名起义，迎接解放军。在审查父亲的那七天时间里，新四军要父亲帮他们做了一些文字工作，比如写小册子、宣传品等。闲聊中，他们问父亲对共产党有什么看法，父亲说，担心他们挺进大别山离后方太远，怕给养供不上。冬天马上来了，天冷了怎么办？通过审查，父亲一无血债，二无劣迹，而且在当地民众中口碑很好，七天后，新四军把父亲放回来了。临回家前，还请父亲吃了餐饭，一位叫'史团长'的（按：当即向恺然致'李部长'函中所说之史子云）陪同父亲一起用餐。回家后，父亲继续为部队做了一些文字工作。后来新四军给我们家开了豫、鄂、皖三省通行证（路条），我们就离开了立煌县，到六安去了。我们在六安过完春节就从六安去了蚌埠。淮海战役开始前，形势十分紧张，我们又随父亲从蚌埠撤到南京。1948 年冬天，二哥向一学给全家搞来了免费机票，于是，我们全家和二哥一起，坐免费飞机从南京飞到汉口，再从汉口坐火车回长沙。"按：当时"中国人民解放军"虽已定名，但当地仍习惯使用"新四军"这一称呼；"蚌埠设有留守处"之说或属误记，因为当时该市并未解放。又，向一学在《回忆父亲一生》中称其父被解放军"释放"后暂居于"合肥"的"一个庙里"，《纪事报》所刊文亦称向氏"脱险"后"依于合肥城内东大街皖中唯一古刹的明教寺"。是则赴蚌埠前后曾否逗留于合肥，尚待考证核实。《湖南省文史馆馆员传略》仅云："一年后辞（参议）职，任蚌埠实验小学校长。"按：向斯来曾向徐斯年口述父亲被俘经过甚详，略谓：解放军进入家中，父亲先交出佩枪，他们接着入室搜查，但对钱物、字画等分毫不动，这一点给我们留下的印象特别深刻。又按，香港《华侨日报》1947 年 10 月 18 日刊有《不肖生突告失踪》特讯，谓"上海息：小说家向恺然（即不肖生），在抗战时，任廿一集团军总部少将机要秘书，胜利后辞退，隐居立煌山中，研讨印度哲学，遥领省府高参名义。讵在前次立煌被匪窜陷后失踪，至今音信杳然，遍觅无着，合肥文化界，对之异常关怀，刻在设法访查中。"

1948 年（民国三十七年戊子）59 岁

12 月，淮海战役接近尾声，蚌埠即将解放。

是年春，向恺然就任蚌埠市中正小学校长。冬，携妻女等赴南京，由次子为霖护送，乘空运署专机飞汉口，再转火车返回长沙，出任程潜主持之湖南省政府参议。

8 月，于佛学刊物《觉有情》月刊第 208 期发表《我投入佛门的经过》。

女斯道生于是年 6 月 6 日。生母为成仪则夫人。

按：中正小学，解放后改名"实验小学"。《上海滩》1996 年第 2 期所载夏侯叙五《平江不肖生身世补缀》："到了 1947 年的元月份，《军声报》忽然停刊了。不久，夏威受命接任安徽省主席，因为省会在合肥，第八绥靖区机关也随之迁往合肥。可是向恺然却不愿意跟随，似另有所谋。果然他通过新任蚌埠市长李品和（湖南人，李品仙的弟弟）的力荐，出任中正小学校长……向恺然上任后，很少过问校务，把校内大小一切事务全部推给了教导主任，他自己则每日读书写作（《革命野史》即在此时动笔）。"按：此文所述时间较含混，经核《蚌埠市志·蚌埠大事记》，第八绥靖区迁合肥时间为民国三十七年（1948）10 月；李品和原任蚌埠市政筹备处主任，确于 1947 年正式设市后出任市长；向恺然任中正小学校长则在 1948 年春。向为霖《回忆父亲一生》："大约是淮海战役后，父亲由安徽来到南京"，随后又"回安徽将家小接来南京"，一同返湘。向斯道，谱名振道。

1949 年（己丑）60 岁

向恺然在长沙随程潜、陈明仁将军和平起义。时居长沙南门外青山祠。

1950 年（庚寅）61 岁

自是年 9 月起，向恺然每月受领军政委员会津贴食米一市担。

4 月，上海元昌印书馆出版《侠义英雄》三册，署"向恺然著"。

5 月，所著《革命野史》由岳南铸字印刷厂印行，署"平江不肖生"。因销量过少而未续写。

按：津贴数额后来略有增加，但因子女众多，生活仍颇窘迫。《侠义英雄》未见原书。

1951 年至 1953 年（辛卯至癸巳）62 至 64 岁

向恺然在长沙。

1954 年（甲午）65 岁

2 月，向恺然应湖南省人民政府之聘，任省文史馆馆员，月薪 50 元。

1955 年（乙未）66 岁

向恺然在长沙。

1956 年（丙申）67 岁

11 月，向恺然于北京参加全国第一次武术观摩表演大会，任裁判委员，受到国家体委主任贺龙元帅接见。

1957 年（丁酉）68 岁

7 月 12 日，香港《大公报》刊出《陈公哲返港谈北游，乐道政府重视无数，参观全国武术观摩并游各城市，在长沙与平江不肖生见面欢技》特讯，谓"武术界名宿陈公哲前日自北京返抵港……于长沙又和六十八岁的武侠小说作家不肖生（向恺然）会面，对发展武术方面，交换意见"云云。

是年向恺然撰《丹凤朝阳》，刊于湖南省文联刊物《新苗》第 7 期。又应贺龙元帅之请，准备撰写百余万字之《中国武术史话》，因"反右运动"开始而未果，并于运动中被划为"右派分子"。同年 12 月 27 日逝世。

附：确切写作、出版（刊载）时间未详之作品目录及部分辨疑

《变色谈》（此为林鸥《旧派小说家作品知见书目》手稿所录书目，原书未见，版别未详）；

《乾坤弩》（有大众图书社版，未见原书，出版时间未详）；

《绿林血》（有大众图书社版，未见原书，出版时间未详）；

《烟花女侠》（未见原书，版别未详）；

《铁血大侠》（未见原书，版别未详）；

《荒山游侠传》（有艺光书店版，未见原书，出版时间未详）；

《情恨满天》（有天津古籍出版社 1987 年重印本上、下二册，署名"不肖生"，收入"近代通俗文学研究资料丛书"），按：该书实为王度庐所撰《鹤惊昆仑》，系托名之伪作；

《玉镯金环镖》（未见原书，版别未详）；

《小侠万人敌》，署名"不肖生"，上海书局出版，二册全，按：疑为冯玉奇同名之作，待核实；

《雍正奇侠血滴子正传》，署名"不肖生"，中中图书出版社版，二册全，按：该书实为陆士谔《七剑三奇》，当系托名伪作；

《贤孝剑侠传》，署名"不肖生"，奉天中央书店康德六年四月一日再版，待考；

《江湖异侠传》，署名"不肖生"，益新书社版，待考；

《神童小剑侠》，署名"平江不肖生"，全三册，上海小说会民国廿二年十月出版，待考；

《风尘三剑客》，署名"平江不肖生"，全三册，民国二十四年五月香港五桂堂书局出版，待考；

《奇人杜心五》（叶洪生称原载沪上《香海画报》，今上海图书馆残存之该画报中未见此篇）；

《武术源流》《太极推手的研究》《我研究推手的经验》（后二文均见录于叶洪生主编之《近代中国武侠名著大系》所收向氏作品卷首，《经验》一文末有"民族形式体育运动""文化遗产"等语，殆作于解放后）；

《湖南武术代有传人》《太极拳名称的解释》（此二文均作于解放后）。

本年表蒙湖南省文史馆、图书馆及向斯来女士，中村翠女士（日本），张元卿、顾臻、林鸥先生，李文倩、石娟、禹玲博士，毛佳小姐等提供相关资料，特此致谢。

参考文献：

[1]《向氏族谱》，民国三十三年（1944）六修版。

[2] 向恺然《自传》，平江不肖生《江湖奇侠传》卷首，岳麓书社，2009，长沙。

[3] 向恺然《自传》，湖南省文史馆藏原稿抄件。

[4] 黄曾甫《平江不肖生为何许人》，《长沙文史资料》（增

刊），1990。

［5］凌辉《向恺然简历》，湖南省文史馆所藏原稿抄件。

［6］向恺然《拳术》，中华书局，民国五年（1916），上海。

［7］向恺然《我研究拳脚之实地练习》，《星期周刊》，民国十二年（1923）3月4日第50号。

［8］《湖南省文史馆馆员传略》，湖南师范大学印刷厂，2000，长沙。

［9］王新命（无生）《新闻圈里四十年》，龙文出版有限公司，1993，台北。

［10］向一学《回忆父亲一生》，平江不肖生《江湖奇侠传》附录，岳麓书社，2009，长沙。

［11］顾臻《〈江湖奇侠传〉版本研究》，《2010·中国平江·平江不肖生国际学术研讨会论文集》，2010，平江。

［12］魏鋆《向恺然逸事》，《平江文史资料》第1辑，平江政协文史资料研究委员会，1988，平江。

［13］《孝感市志》，红旗出版社，1995，北京。

［14］湖南省体委武术挖整组《湖南武术史》，湖南日报第二印刷厂，1999，长沙。

［15］郭廷以《中华民国史事日志》，中央研究院近代史研究所，1988，台北。

［16］《金寨县志》，上海人民出版社，1992，上海。

［17］钟启河、刘松茂《湖南抗日战争日志》，国防科技大学出版社，2005，长沙。

［18］成仪则《忆恺然先生》，平江不肖生《江湖奇侠传》附录，岳麓书社，2009，长沙。

［19］朱益华《五档坡的大玩家》，《安徽商报》，2008－07－04。

图书在版编目（CIP）数据

现代奇人传·江湖怪异传／平江不肖生著. — 北京：
中国文史出版社，2020.3

（民国武侠小说典藏文库·平江不肖生卷）

ISBN 978 - 7 - 5205 - 1667 - 9

Ⅰ．①现… Ⅱ．①平… Ⅲ．①侠义小说 - 小说集 - 中
国 - 现代 Ⅳ．①I246.5

中国版本图书馆 CIP 数据核字（2019）第 272980 号

整　　理：杨　锐

责任编辑：薛媛媛

出版发行：**中国文史出版社**

社　　址：北京市海淀区西八里庄 69 号院　　邮编：100142

电　　话：010 - 81136606　81136602　81136603（发行部）

传　　真：010 - 81136655

印　　装：廊坊市海涛印刷有限公司

经　　销：全国新华书店

开　　本：720 × 1020　1/16

印　　张：14.5　　　字数：182 千字

版　　次：2020 年 3 月第 1 版

印　　次：2020 年 3 月第 1 次印刷

定　　价：52.00 元

文史版图书，版权所有，侵权必究。

文史版图书，印装错误可与发行部联系退换。